푸른사상 시선 139

물소의 춤

푸른사상 시선 139

물소의 춤

초판 1쇄 · 2020년 12월 29일 | 초판 2쇄 · 2021년 6월 10일

지은이 · 강현숙
펴낸이 · 한봉숙
펴낸곳 · 푸른사상사

주간 · 맹문재 | 편집 · 지순이, 김수란 | 마케팅 · 김두천
등록 · 1999년 7월 8일 제2-2876호
주소 · 경기도 파주시 회동길 337-16(서패동 470-6) 푸른사상사
대표전화 · 031) 955-9111(2) | 팩시밀리 · 031) 955-9114
이메일 · prun21c@hanmail.net /prunsasang@naver.com
홈페이지 · http://www.prun21c.com

ISBN 979-11-308-1753-8 03810
값 9,500원

울산광역시 울산문화재단
이 시집은 울산문화재단 '2020 울산예술지원 선정사업'의 지원을 받아 발간되었습니다.

푸른사상 시선
139

...니다 해 진 거리로 일렁거리는 춤의 동작. 머리[illegible]

물소의 춤

강현숙 시집

[illegible]랑이란, 순정이란 허웅이 넘실거리는 벽에 비치는 그림자들의 춤 앞에서 멈춥니다 죽음 만한 고통이[illegible]

| 시인의 말 |

시들이 가리키는 방향을 따라 가며 이 세계와 함께 낡아가기를 원한다.

심각하지 않게 살기를 원하고 그저 그런 듯이 죽기를 원한다.

시와 더불어 쓸모없음을 지향하고 무용지물이 되기를 원한다.

무미건조한 시를 추구한다.

2020년 겨울
강현숙

| 차례 |

제2부

제3부

제4부

[illegible] 벽에 불소를 그녀 넣었지요 상상을 받고 붉은 살점이 사라지고
[illegible]으로 남은 배어지 추는 몸소이 [illegible] 해 [illegible] 일정서니는

제1부

[illegible] 순정이던 처음이 [illegible] 뒤에서 보냅니다 [illegible] 고통이란 있는 [illegible] 잊어버린 고통이란 [illegible]
[illegible]시요. 지상에서의 하룻밤이었습니다 하필 왜 물으냐고! 묻었습니다 구체적인 낱이 흘러가야 했으니까요 사뭄은 땅은 쉽시 않은 채로 주는 숨은 [illegible]

사막의 장미

뭐 그리 비의를 찾으려 킁킁대고 있는 것인가 봄날 거리에서 프리뮬러 꽃향기를 맡다가 문득 든 생각이다 친절한 꽃들, 불친절한 사람들, 홀로 웃지 못하는 목석같은 시간에 열중하느라 바람에도 무표정한 사람들, 살랑살랑 춤추는 허공 너머 청년이 취업 준비로 고개를 떨구는 거기, 사막 그 어디에선가 도시를 향해 서걱서걱 모래바람이 불어온다 사막에 장미 피는 저녁, 가로등 같은 붉은 달이 텅 빈 거리를 비춘다

사막의 장미, 석화(石花), 소리를 들을 수 없는 귀, 이곳엔 햇빛이 부족하고 바람이 모자라 향기는 코를 대어야 나고 겨우 오는 도시의 바람 속 부재중인 너에게 오늘도 기대고, 지중해 붉은 부겐베리아에 기대고, 역할 없이 사라지는 오후, 사막의 장미가 울다 떨다

돌의 꽃

돌에서 꽃이 피기를 기다린다

돌이 바람과 햇빛을 들이고 돌 속 황금빛 문이 열리며 아이들이 태어나기를 기다리는 동안, 돌의 입 가득 흰 꽃들이 무진장 피어오르기를 기다리는 동안

단단한 돌무덤 아래 잡힌 잠들

돌의 구름, 돌의 안개, 돌의 꿈, 돌의 번개, 돌의 태양, 돌의 정령, 돌의 심장에서 오래 갇혀버린 꽃

돌의 기슭에서 떠도는 오랜 전설

바람과 구름을 잉태한 여자의 젖은 탯줄과 돌무덤 밖으로 길게 퍼져 나가는 검은 버섯 무리들, 돌의 비문들

돌이 돌을 가두고 돌을 두드리고

돌이 폐허를 묻고 돌이 폐허를 어루만질 때

돌 틈으로부터 돌꽃이 필 때
돌이 새 울음을 울 때

건선

— *Wild is the Wind**

기가 질린 마른 하늘에서 살비듬이 내린다
다리 밑 나뒹구는 술병들
방 안 가득 음화(淫畫)들이 떠돌고
비뚤어진 지붕같은 안락
맞춰지지 않는 퍼즐 조각 같은 엇나간 마음을 잃어버리다
열에 뜬 붉은 입술이 밤새 새근거렸다
힘겹게 재봉된 옷의 솔기는 옆구리가 터지고
한 번도 격정을 지나오지 않은 너의 시간은
억울할 수 있을까, 억울할까, 억울하다.

누구나 태어나면 새롭지 않은 인생이
연출되고
살아가다 흔한 소외와 고독을 연출하고
텅 빈 새벽 거리 푸른 새벽빛, 날마다
그렇게 인생은
연출이다
뿌리째 뽑힌 나무의, 생(生)의 허약함이다

Wild is the Wind 너에게 이 노래를 바친다

지나가지 못한 사랑
건너가지 않은 증오
죽음으로 붕 뜬 몸을 포옹하지 못한 계절을 네게 바친다
기가 질린 마른 하늘에서 네 살비듬이 내린다

* Wild is the Wind : 데이비드 보위(David Bowie)의 노래

박제된 초록

초록은 대상이 없다

나이기도 하고 너이기도 하고

세상의 형태이자 색이며

초록은 시간일 수 있다

배롱나무보다 더 배롱나무 같은 초록인 너,
만리향 향기 깔리는,
애처로운 모과나무에 열리는 초록 저녁,
초록의 사각형 모서리가 참 예쁘다
자라다 만 왜소함이 왜소함대로 머무는 자리를 알아챈
정당한 마당은 쓸쓸하다
알고 보면 넌 아주 낙관적이지
어디로부터도 답이 오질 않는 시간에
빨강 구름이 떠 있는 하늘
찬 호수로 비칠 얼굴도 없이

초록 살갗은 흘러내리고

적당히 이기적인 시간에

신의 잔인한 판정이 남아

그럴 땐 울 시간도 없이

세상에 초록이란 개념을 부순다

네게로 파고들면 너를 겨우 지탱하는 뼈들이

무너져내리는 살갗이

공기로, 물로, 결국 너에게로 돌아온다는

지극히 낙관적인 이유 하나로

또 한 시간을 죽이고 있었다

박제가 되어

깃털은 날리고

쓸모없을 흔적과 이별할 때

시간은 또 정확하게 죽었다

빨강 구름 위로 한 발 걸친 기우뚱한 자세로

초록 시간의 손목을 성급하게 부러뜨렸다

계절 없는 꽃

길이 아니어도 된다 길을 내는 것이 아니라 허공에 속하는 일이다

붉은 십자가를 품은, 사람이 사는 집의 지붕을 껴안은 허공은 만만하지 않다

허공으로 살러 간다
허공으로 착륙하는 것은 추락을 껴안는 일이다

집 담벼락으로 비치는 가로등 불빛 사이로 난
교차로를 지나

불 꺼진 창 아래
걸어가는 사람이 어디론지 모를 곳으로 들어가는
허공의 문 없는 입구,

길 없는 길 위에서, 문 없는 문을 지나

그림자도 없는 하얀 눈사람이 허공을 덮어와 오늘은,
계절 없는 꽃을 피운다

고양이가 나무 위로 올라갔다
결정할 수 있는 것은 없어.

허공으로 간 꽃들에는 향기가 없다
바람 부는 날,

계절 잃은 꽃들이
허공에서 허공으로 자가분열을 한다

여자의 시간을 그리다

부엌으로 가는 여자의 얼굴이 보이질 않지 쌀을 씻어 안치는 여자의 심장은 부엌 유리창에 달라붙어 펄떡거린다 창 밖으로 보이는 겨울 나뭇가지에 매달린 얼굴, 하늘이 덮어 추억도 없이, 비명도 없이 자연 건조 중이다

미래를 건너온 여자는 사과껍질을 얇게 벗겨낸다 엷은 그림자 드리운 그녀의 시간을 사각거리며 먹는다 벗겨진 껍질들은 이른 새벽 초승달로 걸리고 수만 킬로 떨어진 그곳으로부터 시간의 비늘이 차갑게 툭 떨어진다

훤히 비치는 시간의 아침 위로 내리는 햇살이여 전쟁은 일어나질 않고 유리가 쩍 갈라지는 순간도 없고 가끔 스르륵 떨어지는 작은 그릇들, 살의는 금이 가고 유물로 남고 비명은 녹이 슬고 대나무 숲속으로 바람이 되어 불어가고

스스로가 적군이 되기도 하는 마술 속이다 X-Ray선을 투과시킨 구멍 숭숭한 뼈들 사이로 풍경을 잇다가 지축을 울리며 걷는다 당신은 무한한 시간의 원통 안과 밖으로 떠도

는 구름 위를 걸어간다

쇠라*의 점묘법으로 그린 여자의 얼굴이 투명하다 산산 분해된 얼굴 사이로 분명하게 되살아 나오는 여자의 시간, 왜 투명한가를 묻기 위해 링 위로 오르는 여자, 그랑자트섬의 일요일 오후가 시작된다 햇살 위에 다시 햇살이 실리고 모자를 쓰고 양산을 든 여자, 잔잔한 강물 위를 반짝이며 흘러가다 되돌아오는 눈동자를 지닌,

* George Seurat(1859~1891): 프랑스 인상주의 화가. 〈아니에르의 물놀이〉 〈그랑자트섬의 일요일 오후〉 등의 작품이 있다.

부도(浮屠)의 숲

1.

시간의 비밀로 무성하게 차오르는 숲에 이브의 아비가 벌거벗은 채 서 있다 신화를 완성하지 못한 시간이 서서히 사라지고 있다 엉성한 울타리, 무너진 성곽 주위로 달은 차오르다 잊혀진다 아침이면 가족들이 태양의 부스러기를 담으러 떠날 것이다 잎이 다 떨어져 내린 숲속에 아비가 벌거벗은 채 아랫도리를 떨며 서 있다

2.

시계바늘 소리가 또렷해져 오는 숲속 꺼져 있는 침대에서 그가 죽은 듯이 밀착되어 잠들어 있다 언제쯤 무거운 몸 가죽을 벗어버리고 뼈를 앙상하게 드러낼 수 있을까 아비의 이름으로 뼈대만 남아 떨며 서 있는 것이 두려운 것인지도 모른다 무거운 몸을 지친 듯이 끌며 숲에서 오래 머물 궁리를 하고 있다 그가 내게 오늘 단풍으로 붉게 물든 숲을 보여주려 했다

3.

부도의 숲에 햇빛이 들어서고 새 한 마리 날지 않는 적요 속 뻥 뚫린 숲의 지붕 위로 하늘이 내려와 있다 죽어서 이름을 묻은 자들의 숲에 오래전부터 짐승의 뼈들도 함께 묻혀 숲에서는 구름도 시간처럼 함부로 흐르지 않는다 아무도 묻지 않고 말하지 않는 이곳에 몇 개의 부도들만 정연하게 숲을 지키고 있다

외눈박이 새, 비익조

새의 시간,
단절은 없다
울음이
이어지는, 창밖의
소리를 이어받아
눈먼 지구에
내리는
마음을
잘라내는,
새의 발자국을 들으며
쌀을 안치다
이것은 모두의
패배로도 돌리질 못하고
승리로도 올리지 못할 것이며
무정부주의적인
아침을 깨우며
그들이 왔다
외눈박이 새가

날아들었다
선명한 가지 위로 먹이를 문 채
날아올랐다
비애의 무늬를 아는가,

외눈박이 새 · 2

가진 것이 없는

저녁을 빌려오다

여기 누가 살고 있다고

말 한마디 하려는데

꽃도 나무도 저녁 하늘도

빌려올 수 없다

일순 호흡이 멈춘

거리를 날아,

집도 빛도 어둠도

거짓인 이 거리를

한눈을 뜨고 날아,

결핍을 말하지 않기 위해

휘황한 날개로 날아가는 새

고단하다고 말하지 않으려

상상의 집을 허무는 새

방향지시등도 없이

단속 중인 세계를

폭력인 세계를

누구에게도 눈에 띄지 않은 채

너는 날아간다

어디쯤을 날고 있는지

외롭고 궁핍에 대한 잣대도 없이,

높이도 없이,

달의 공전

신기루와 불의 기둥으로 세워진 저녁은, 뜨는 달과 잠긴 달과 불룩한 배를 지닌 여자의 저녁은, 빈약한 저녁은. 얼굴이 주름지고 두꺼운 짐승의 시간은, 분출될 것 같은 일상은. 경계를 지울 수 있는가 공전할 수 있는가 절벽은 변할 수 있는가 치솟을 수 있는가 투명하게 제자리로 돌아가는가 그곳에 아직도 노래 들리는가 얼음꽃은 피는가 지나온 네 곁을 뒤돌아볼 시간은 없는가 강물과 바다가 만나는 그곳은 아직 해 뜨고 있는가 그리워할 것인가 어디를, 너는 어디에도 없는 그곳을, 허물고 떠난 성벽이 남은 빈터를 떠나갈 것인가 그곳에 바람이 분다 공전인 것이다 살아간다는 것은 달의 뒷면을 아슬아슬하게 감추면서 공전을 하겠다는 것이다 어디로 이어질지 모르는 휘어진 공간에서 멈춰버린 이여

돌의 감옥

돌들이 돌들을 낳고 돌이 돌 위로 투명하게 얼굴을 새깁니다 돌은 돌을 볼 수 없고 돌은 돌의 바닥까지 구르며, 얼굴이 바닥도 없이 사라지는 돌입니다 돌의 감옥, 움직일 수 없는 집을 감옥이라 불렀습니다 돌이 돌을 낳습니다 돌이 돌을 가둡니다 돌은 돌의 구조를 낳습니다 돌의 도형을 만들어 돌이 돌을 짓습니다 돌이 돌을 잃습니다 돌이 돌의 기억을 버립니다 돌 속에는 우주도 없습니다만 돌 속에는 돌도 없습니다 메마르고 무심한 날들이 흘렀습니다 환하고 찬란한 날들은 문밖 멀리 있었습니다 보이는 것은 돌이 사라지는 돌들 뿐이었습니다 돌에게는 품을 사랑도 없고 웃음도 울음도 없습니다 마른 넝쿨을 새긴 돌입니다 돌과 돌 사이에 무엇이 보입니까 깊은 틈입니까 틈이라 들여다보면 암흑이 아닙니다 돌과 돌 사이 측량하기 힘든 먼 길이 있습니다 내게 가까울 듯 다시 먼 길입니다 그 먼 길 위로 달무리 떠오를까요

물고기 천국

1.

물고기가 물고기를 물어뜯는다
물고기 한 마리 수족관으로 와서
모든 것이 사라진 뒤 남은 것도
폭력일 뿐,
차라리 물고기가 아니라 한다면
물고기는 배부른가
뜯어 먹을 수도 없는
가짜 물풀들이 흔들리는,
물풀들 사이로 채워지는 물이끼들이
나풀거리는 곳
물고기 한 마리 수족관에 입을 대고
구멍 난 하늘을 본다
아무것도 내려오지 않는 하늘을 본다
수족관을, 하늘을, 물풀을
부정한다

2.

물고기를 키울까
고통이 고통을 붙드는 방식들만
남아 있을 따름이다
손을 잡고 기다리는 날은
오지 않을 것이다
그것이 빛나든, 빛나지 않든
경계 지어진
슬픔에는
물풀도, 공기도, 불빛도, 수족관 너머 하늘도
유물로 남을 형벌일 뿐이다

3.

형광등 불빛에 길들어진 물고기 가족, 춤을 추는 시대를 잊었으며, 각자의 몸짓으로 기억을 줄이는. 시간을 죽이는 말과 몸짓만 남아 있더라도, 서서히, 죽어가는 줄도 잊은 채, 물속을 돌아다닌다 누군가 훤히 들여다보는 줄도 모른 채, 살아남을 뿐이다

정박한 말

슬픔의 고백 때문에 찾아간 곳이었습니다 말이 없었습니다 응답도 없었습니다 고백이 있었던가요 아무것도 보질 못했습니다 세상을 멀리 두고 침묵 앞에서 그 무엇도 듣질 못했습니다 새긴다는 말에 집착하지 말기로 했습니다 평생 들은 소리, '적요'라는 말 한마디 들었습니다 입을 다물었습니다

수많은 말, 불안한 여운, 말을 쪼이고 새기는 일로 태어난 말의 파편들을 한 시절 흘려보냈구나

아무 말도 하지 않도록 했습니다 정박한 말을 아시는지요 슬픈 말이란 묶인다는 것을 의미했습니다 하룻밤 항구에 묶여 떠돌던 언어를 보셨는지요 스러져가버릴 흔적 없을 사람의 말을 아시는지요 말이 머무를 집, 정박한 배 한 척을 보신 적 있는지요

여윈 말들아, 소리들아
거기 그리 정박해 있어라

거기 그리 바위에 새겨진 채로 매달려 있어라, 흩날리듯
동토 위로 얼어붙은 변명 같은 세월이,
새기고 새긴 언 말이 박혀 캄캄절벽을 이루는 절경이 되었습니다

물소의 춤

동굴 벽에 물소를 그려 넣었지요 작살을 맞고 붉은 살점이 사라지고 흰 뼈로 남아 벽에 추상으로 남을 때까지 추는 물소의 춤입니다 해 진 거리로 일렁거리는 춤의 동작, 머리에 돋은 두 뿔이 동굴 벽을 선명하게 받들었습니다 살아온 것이 없으며 살아갈 것이 없을 순간에서 멈춥니다 가슴에 박힌 못처럼 육신을 붙들어 매고 물소의 춤을 춥니다 스며들고 번지고 색을 입히는 몸의 동작들이 흐릅니다 중력으로 붙들린 자세가 유일한 생존의 동작인가요 사랑이란, 순정이란 허울이 넘실거리는 벽에 비치는 그림자들의 춤 앞에서 멈춥니다 죽을 만한 고통이란 있는 것이겠지요 몸이 잊어버린 고통이란 고통이 아니었던 것이지요 지상에서의 하룻밤이었습니다 하필 왜 물소냐고 물었습니다 구체적인 날이 흘러가야 했으니까요 가끔은 땅을 짚지 않은 채로 추는 춤을 쫒습니다 별도 뜨질 않고 강물이 흐르질 않는, 어둠의 격렬한 파동을 몸이 기억합니다 그리워하는 것들을 부릅니다 바깥을 감싸며 일렁거리며 흘러가는 연둣빛 물결을 그리워합니다 거기 눈 덮인 땅이 있었다지요 그림자로 박힌 물소들이 살았다지요 물소들의 환상이 있었다지요

낙동강 오리알

알이 알이 되지 못하는 처절한 실존의 시간이다 실존은 아름답다고 말하는 것이 아니다 생존을 처절하게 빼앗기지 않겠다는 것이다 벼랑과 마주 선 실존만이 실존이다 벼랑을 물러나 다시 벼랑으로 내몰리는 것이 실존이다

한 사람의 뒷모습, 한 사람이 걸어가는 모습이 실존이다 한 사람이 걸어간다 치열한 지층의 단면을 남기고 살아남기 위해 걸어간다 살아가기 위한 지평이며, 살아남기 위한 중력이며, 걸어가기 위한 오열이다

수백 년을 살아온 참나무가 베인 자리이며 시간을 짊어진 채로 지며 석양 아래를 향해 내려가는 지중해 장미의 아련한 빛이 머무는 자리이기도 하다

에덴동산, 무화과나무 아래에서

멀리 가는 아이들,
바람을 타고 날개도 없이
낙원도 없이
멀리 가는 아이들
당신이 없어도
자라나는 아이들,

도시의 몬스터박스에는 인형이 인형을 뽑지, 손에 잡히질 않고 빠져나가는 환영들, 음악이 깔리며 인형과 인형 사이로, 달아나는 괴물들, 에덴동산으로부터 쫓겨나는 신의 자식들,

에덴동산 희고 마른 풀 사이로
뼈들의 원죄가 있다
병든 잠을 보내고 일그러진
그림자도 지우고
엉키던 풀이 가지런히 눕는 아침
흔들림 없는 눈동자로 돌아와 누울 것을,

낡은 슬픔과 희미해진 울음과
함께 했을
물여뀌, 물봉선, 자주달개비와 흔들렸을
지나가 버릴 이번 생의 자막들이여,

희고 마른 뼈들이 엎드린 능선을 오르며
낙원에는 달과 달 사이로 적막이 떠오르며
낙원에는 질긴 목숨의 울음이
메마르게 메마르게
날린다
낙원에는, 붉은 울음의
자식들이 허공으로 흩어진다
재촉하지 마라,
돌담 너머 무화과나무 그늘 아래에서
멀리 가는 아이들,

거대한 북해

거대한 북해를 마주해
나는 마지막 대륙의 자식이고자 했다

최선을 다해 달려왔노라는
이 두려움은 무엇인가
파국을 향해 달려가는 마지막 한 발을
끝내 버티는 이 두려움은 무엇이냐고 물었다

검은 침묵과 마주해
나는 마지막 대륙의 울음이고자 했다
끝내 참아버리고 터트리지 못할 울음이고자 했다

도굴 벽에 물소를 그려 넣었지요 [illegible] 맞고 붉은 살점이 사라지고
[illegible]으로 남을 때까지 추는 물소의 춤입니다 해 진 [illegible] 일렁시라는

제2부

[illegible] 순장이란 하늘이 [illegible] 벽에 [illegible] 그림자들의 춤 앞에서 [illegible]습니다 춤을 바친 [illegible]이란 있는 것이겠지요 무이 잊어버린 [illegible]이란 고
[illegible]지요 지상에서의 하룻밤이었습니다 하필 왜 붉으냐고 물었습니다 구체적인 날이 흘러가야 했으니까요 가끔은 땅을 갈지 않은 채로 추는 춤을 [illegible]

둥근 그늘

말을 하라, 나를 부르는 그곳, 그곳은 얼어 있지 아니하고, 흔들리는 중이며, 말을 하라고 먹먹하도록 부추기는 그곳, 말이 풀려나오기 시작하고, 말이 흔들리지 아니하고, 말이 뿌리를 간직하며,

달빛 아래 피어나는 말이다. 추억이 아니라, 고통이 아니라, 농담이 아니라, 절벽이 아니라, 파멸이 아니라, 배반이 아니라, 짓밟히고 파묻히는 것이 아니라

때로는 포기와 체념과 무표정으로, 때로는 넋이 빠져나가버린 침묵으로 있으라 한다 안락한 그늘이 아니다 공중누각이 아니다 무릉도원이 아니다 시간과 공간이 지워지는 그곳에 가면 할 말이 있었다

텅 빈 구멍으로 들어오고 빠져나가는 둥근 그늘, 그곳에 가면

봄날 적인

벚꽃 적인.

조팝나무꽃 빛깔 적인.

진홍빛 철쭉 적인.

굽은 가지마다 진초록 소나무 잎 적인.

달빛 적인.

흑요암 빛깔 하늘 적인.

화냥년의 날들이

봄날 적인

변기로 흘려보낸 핏덩이의 값으로 남은 날들
죄 갚는 날들,

염치없이 이 봄을 다시 보게 하다니

감각의 제국.

폭력적인 날이 지나간다

비확정적인 죽음이다

끝나는 복수도 없고

시작하는 사랑도 없이

주저앉는 시간 사이로

너와 나의 야한 관계는

신(神)적이다

어항 속 금붕어가 타이탄아룸*을 먹어치운다

어항 속 금붕어가 어항 밖을 유영하다 어항 속 금붕어를 바라본다 어항 속 금붕어가 타이탄아룸을 먹어치운다

이미 화석에 갇힌 말이다 어항 속엔 직선으로 난 길이 보이질 않는다 구불구불 길을 오르다 막다른 길이 되기도 하고 되돌아 나오다 길을 잃어버리기도 한다 가끔 하루가 사라지는 날이면 미로에 갇힌 미노타우로스**의 말을 흉내 내며 숨바꼭질을 한다

빈 논 위에 쌓인 짚단 속으로 숨다 술래를 피해 잠깐 꾸는 꿈이 일그러진다 잘 지내고 있다는 말이 겨울 찬바람 사이로 흩어지고 생식기가 잘려나간 시간이 짚단 속으로 스며든다 메마른 땅바닥을 핥은 적이 있던가, 아니 없던가 눈 내리는 낯선 아침, 은빛 토끼는 언제나 벡터를 노렸지 냉혹한 자신의 모습을 더 오랫동안 고립되어 들여다보아야 되겠다

일그러진 어항 속으로 난 숲속으로 깊이 빠져 들어가 플라스틱 꽃을 피운다 날리지 못하는 꽃잎들이 꽃대를 세우고

서서, 한 번도 믿어본 적 없는 사랑이 바람 부는 들판에 서서 깜빡깜빡 점멸 중이다

해 질 녘, 검푸른 수심의 바닥을 치기 위해 몸을 숙인다 바닥을 친 걸까. 바닥의 바닥이 열리는 바닥을 헤엄치며 어항 속 금붕어가 뻐끔뻐끔거린다

* titan arum : 천남성과의 여러해살이풀. 시체 냄새가 나는 세계에서 가장 큰 꽃을 피운다.

** Minotauros : 사람의 몸에 소의 머리를 가진, 그리스 신화 속의 괴물.

봄 산, 죽은 잠

진달래 만발하게 핀 산, 드러누운 꽃잠이 꿈틀댄다 설레는 잠, 붉은 꽃물 든 잠이 꼼지락거리는 봄 산, 허공을 향해 가지를 뻗어보는 잠, 환한, 하늘도 바다도 마을도 사라진 그곳에 꽃무덤처럼 봉긋이 오른 잠, 다시는 돌아가지 못할 그곳에, 흔적도 없을 그곳에, 이제는 푸른 하늘, 바다만 남겨진 그곳으로 꽃문을 열고 들어와 눕는, 죽은 잠

그 시각, 그곳, 연분홍빛 진달래 소스라치게 피어오르는 봄 산, 한참을 들여다보며 굳은 채로 든 잠, 해마다 죽은 잠에 들다가 꽃문을 열고 나서면 환한 죽은 잠, 흰 그림자 서리는 잠, 흰 계단을 끝도 없이 밟고 올라가는 잠

죽은 잠, 단풍 같은 잠

죽은 잠에 드는 방은 검은 새들이 날아들었다가 돌아나가는 방이라 여겼습니다 차가운 잠에 들며, 말라가는 잠에 듭니다 몸에 닿는 찬 기운에 잎을 떨어뜨립니다 당신을 불러들이는 잠에 듭니다 제 육신이 물든 잎을 불러들이는 잠, 단풍 같은 잠에 든다면, 망각의 잠에 든다면, 말라붙은 달이 떠오르고 있습니다

초록빛 환영이 물러난 자리에 철새들 길 잃은 늪, 붉은 석양 곁으로 지나가던 당신의 그림자를 망각하겠습니다 사랑이 사랑이 아니었음을, 사랑이 끝난 뒤 홀로 자라나는 허공이었음을 망각하겠습니다 저 멀리 물러난 거리를, 망각하겠습니다

봄날의 압화

매화를 보고 보아도 심장이 텅 빈 듯,

목련 한 그루 어두운 밤 아파트 담벼락 속으로 걸어 들어가버렸다

봄날, 훨훨 날아 파란 하늘 가로 잠겨 드는 벚꽃 잎들

나는 봄날에 압화 되어버렸다

왜 이리도 허기가 지는지

봄날을 뚫고 튀어나오기라도 할 듯

압화 되어 밀봉된 세계에서 말갛게 웃는 기술은 잔인하다

압화 된 채로 허공을 떠다니는 꽃들

자취를 지워버리고

붙박인 찰나를 사는 꽃들

단 한 방울의 물기마저도 메마른 채로

밀봉된 시간을 뚫고 튀어 오르면

또 다른 계절의 감옥이 입 벌리고 있다

달무덤

어제보다 오늘 달이 차오른다
빈 나뭇가지 뒤로 넘어간다
달무리 진다

불나방은 타 버릴 줄 알면서 불을 향해 달려가는 것일까

달무덤을 짓다

쇠창살은 사라진 지 오래지만
봄이면 철조망 너머로 가지를 뻗고 무성해지는 푸른 잎을
몸 안으로 가두지는 못하지

유리 벽은 보이질 않은 지 오래지만
여전히 몸을 유리 안으로 가두고,
자유로운 듯 적응해가는 몸은,
어쩌면 슬픈 체위를 지닌 것인지도

가로등 아래 첫눈 오는 찰나처럼 사랑은 왔겠지만

황무지인 듯, 사랑은,
고물상 한편에 놓인 이제는 돌아가지 않는 바퀴처럼 놓인 것을

모든 것을 내려놓는다면
세상에 구걸하지 않아도 되겠는가

달무리 주위로 환하다
달무덤 가가 환하다

구름이 끌고 가는 환한 기억들,
잔잔한 바람이 서쪽으로 몰고 간다

연(蓮)

거리의 정물화처럼 서 있을 것,
가끔 말을 한다
정체성 잃은 꽃처럼,
볼에 홍조를 띠며
두 다리를 가지런히 모은 너는
밤에만, 불빛이 드는 나무 아래
청동 조각처럼 비치고,
너의 말은
비석에 새긴 글귀처럼 무심하다
움직이지 않는 말이
떠날 수 없이 묶인 발이
어디를 떠나고 돌아오는 그런 존재가 아닌
땅이 나를 붙들고 잠시 흔들릴 수 있을 뿐
갈 수 있다면 멀리 떠난다는 것이고
돌아올 수 있다면 역시 여기이겠지만
애초 자취는 없는 이곳,
어제로부터 오늘에 이르도록
누가 어디로 떠난다 하더라도

물속 비친 집처럼, 그림자처럼
안녕이란 인사를 나누진 않을 것, 그렇게 오래
살던 집과 흐르는 물과 물속
비치는 집, 거꾸로 매달린 창문 아래에서
영원히 길을 떠나는 체위로 길을 잃어버린 체위를 말하고
솟구치던 목을 떨구겠다
꿈속 동강 난 집이 물에 떨어지더라도
꿈같은 혼란쯤이야 일상처럼 지나가는 것을 그리하여
나는 믿는다, 늘,
땅속 뿌리를 내리고 떠난 적도 없으며 거기에서 꿈을 꾸며
별다른 기대도 없이 눈을 뜨면
아침에 떠 있는 멀건 낮달이 내려다보고 있다

물의 들판

슬픈, 푸른 물속에 잠긴 발목들이 달리는 곳에서

거꾸로 매달린 숲에서 보물찾기를 하는 거야 한 번도 보물을 찾지 못하는 그곳에서

물의 비막으로 날아 당신이 사는 전설 속으로 옮겨가고 싶어 빛이 일렁거리는 그곳,

물의 말뚝에 당신을 묶어두려 하지 마

물길이 보이니? 가끔 하늘을 바라보는 자세로 누워 뱅뱅 돌고 있어도 좋아 문득 그곳에서 눈을 뜨게 되더라도

망각하고 싶어 구조하러 오지 마 투명하게 물을 닮으려 하지 마

떠도는 발목들이 엉켜 들 뿐이야

테두리를 벗어날 수도 없지 울타리를 칠 수도 없어

물의 들판을 달려 닿지 않는 당신은, 물그림자도 없는 당신은, 내일도 여기 올 예정이 없는 당신은

시린 발목이 피우는 흰 꽃숭어리의 이야기를 들을 마음이 애초에 없었던 거지

빈 물방울 방 속에 갇힌 귀가 없는 당신은

거창하지 않아 건조하지도 않지 화창하지도 흐리지도 않는 그곳으로 갈 거야

망해사(望海寺)
— 처용의 시간

어디에 이르고자 하지 않으며 어디로 가고자 아니했으며 매초 매 순간 통탄할 가슴으로 서 있었을 것이다 우연이 맞닥트린 곳, 그곳은 이미 사라졌는가, 되돌아가 거기로 돌아가 다시 맞닥트릴 자신이 있는가, 우연은 무엇을 말하고 싶어했는가, 왜 그 시간을, 장소를 고집했는가, 강렬한 우연으로부터 시간을 불태우고 재로 변한 시간을 불씨를 피워 올려 되살리고 초록새의 환영으로 날려 보내기도 하는 것이다 비 내리던 고요한 숲속 시간을 탁탁 두드리던 딱따구리의 부리처럼, 시간의 굵직한 나뭇등걸을 쉬질 않고 쪼아대며 시간 비행을 하는 것이다 쉴 수가 없다, 숲속 저 흐린 하늘가 넋 놓고 바라볼 아늑한 품이 없다, 언젠가부터 꽃이 되어 꽃봉오리 속으로 돌아가는 길을 잃어버렸다, 나무들 우듬지에 걸터앉는 법을 잃어버렸다, 시간의 흐름을 타며 날리는 홀씨들의 비행을 잃어버렸다, 나오너라 숨은 자여, 웅크리고 가둔 시간이여, 가루로 부서져 내려앉는 시간이여, 처용의 시간이 흐르고 있었다

흐르는가, 누군가 그곳을 여전히 돌고 돌고, 아침저녁으

로 하늘 문이 열리고 닫히는가 누구도 붙잡지를 않는다 무엇도 붙박이질 않는다 운무를 건너가 닿을 곳이 없다 운무 위로 운무는 내리고 숲 위로 숲이 덮여 오는 시간이다 발길 위로 발길이 덮여 오고 지워지는 길 위로 지워지는 길이 닿으며 꽃 진 자리 위로 꽃이 내리며 연못 위로 연못이 드리울 때 누가 춤을 추는가 누가 폭우 속에 서 있는가 누가 아무도 없는 그곳에서 아무것도 기다리질 않으며 시간을 내던지고 있는가 폭력처럼 엉겨 붙는 시간을 내던지는가 가끔 숲 사이로 비치던 하늘빛이 눈부셨다 가끔 숲 사이로 불어오던 바람결에 풀어헤친 몸이 다시 몸이 되는 걸 본 적이 있다 우연히 마주친 얼레지처럼 이 몸이 시간의 압화 아닌가 산화되는 저녁이다 처용의 시간이 붉은 작약으로 흐르고 있었다

원소처럼

얼굴은 나를 버리고 나면 남지 않는 나머지
기호로 오늘을 횡단하는 얼굴은

얼굴 없는 바닥으로만 비치며

빙하기와 간빙기를 거듭하다 살아남은 탄소처럼
유령처럼, 네가 되고 얼굴 없는 원소처럼
타인으로 살아간다

웃음이 눈물 이전인 것처럼, 눈물은 재가 되기 이전인 것처럼
메마른 뼈처럼 오로지 너이고자 한다

쭈글해진 뱃살, 푸석거리는 머리, 처진 눈으로
각인되는 기호로 남아

거기는 애초부터 산 꽃이란 없었고

밤마다 머리 위로 죽은 달은 뜨고 지고

바닥에 닿지 않는 발자국으로 들끓던 시대를
엑스레이에 투영된 뼈들의 시대를 투과하는
벽을 타고 흐르는 마른 얼굴들
풀이 무성하게 자라나고 지치는 벌판에서 오늘
눈 감은 자,
망막의 세월로 남은 자,

나이테, 죽은 잠
— 당신과 나 사이

불쑥 가을이 오듯이, 불쑥 찬 겨울이 고개 내밀 듯이, 내미는 마음들이 나이테를 만들어갑니다 오늘도 나이테를 못 본 척 지상의 하룻밤이 저물어갑니다 내일은 당신을 찾아가지 않을 작정입니다 꾹꾹 눌러놓은 말들이 나이테 곁에 머물다 죽은 잠에 듭니다

암전(暗轉)

죽은 잠에서 너를 건져 올린다 수액이 돌고, 사라져간 낮달과 돌아오는, 달 사이로 천 년의 잠에서 깨어나는 나무, 강직된 몸이 기지개를 켜다

암전(暗轉)

죽은 잠을 뚫고 나오는 꽃들, 뾰족한 그리움 피워 올리는, 어둠의 반대편에서 선명하게 들어 올리는 꽃들, 적막한 저녁, 푸른 잎이 지워져가고, 자줏빛 꽃그늘을 드리우며 돌아앉은 어둠에 깃드는 죽은 잠,

암전(暗轉)

저 달을 지우고, 환한 창가를 지우고 달빛을 거부하고 잠에 드는 나무, 절대로 돌아오지 못할 잠, 죽은 잠에 들게 하다, 떠오르는 잠,

암전(暗轉)

환등기의 달, 그림자, 죽은 잠

동물적인 시간

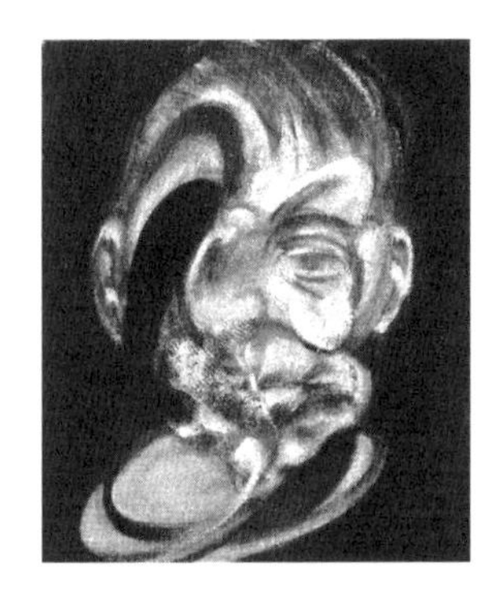

프랜시스 베이컨, 〈고통 받는 인간은 고기다〉

수술대 위에 올랐을 때
식육점에 진열된 고깃덩어리라고 생각했다

치욕스러운 순간, 무릎이 바닥에 닿았을 때,
'인간'이란 단어가 거추장스러웠다
생존을 위한 한 마리 짐승의 살덩어리였다

살육이 끝난 뒤
고기가 진열된 냉장칸을 보는 순간

앞으로의 날들을

본능적으로, 살이 꿈틀대는 움직임으로

한 톨의 감정의 허영도 없이

살아갈 것이라 생각했다

일그러지고 뭉개지고 뒤범벅되는

고유의 얼굴,

눈금 없는 저울에 올려진 짐승 같은 시간의

광포한 무게를 잴 수 없다

흰빛의 감옥

초승달을 쳐다보며 지나간 것은 불러오지 않으리라 했다 지금 흔들리는 것의 이름을 묻지 않기로 했다 떠나기로 한 너에게 인사도 없이 돌아서기로 했다 창살로 갇힌 세계에선 침묵이 어울릴 거라고 했다 초승달 뒤편에서 울고 있는 너를 본다 잘리는 말이 흰빛을 흩트리며 흩어질 것이면, 벼랑에 걸린 뒷목이 시간이라면 건질만 한 침묵이다

지는 빛,
산벚나무에 지는 빛,
복사꽃 핀 가지 끄트머리에 걸친 가는 빛,

문밖과 문 안에서 창살 없는 먼 거리를 돌아와
시간의 감옥을 짓는 흰빛의 거리,

황룡사지

바람이 부는 것이 아니라 마음이 부는 곳이라 하겠다 불타고 흔적으로 남은 주춧돌들, 저 不動의 아득함이 무엇을 말하는지 물었다 평행으로 달리는 두 길이 그어진 빈터, 자취도 없이 떠나간 인연의 서걱거림이 들려오는, 초록 보리로 물결 이루던 그곳, 넋을 놓고 바라보던 그 시간을 마음이 부는 것이라 하겠다

제3부

예정된 살구의 맛

예정된 살구의 맛은 그것이 아니었습니다 상상하던 집은 집이 아니었던 것입니까 살구의 맛은 비껴가는 맛이었나요

예상되나요, 당신이 들어설 때 정체를 드러내는 것인가요 관절이 연결되고 혈관으로 피가 흐르고 감각을 느끼는 이가 당신인가요

예정되지 않은 시간과 장소에 이르게 되었습니다 각인된 것은 돌담이 아니고, 각인된 것은 살구꽃이 아니라, 각인된 것은 당신이 더욱 아니라

예정될 수 없는 집을 비켜나며 붉은 사막에 비 내립니다 사막에 존재하지 않을 성이 올라갑니다 오후의 붉은 사막 위로 그림자 걸어갑니다 가도 가도 나타나지 않을

문도 아니고 길도 아니고 여기도 아닌 느닷없는 곳이기를 바랬습니다

산티아고 가는 길

너와 웃으려 한 적 없으므로
내가 웃을 일이 있을까
당신을 웃게 해줄 이야기가 내게 있을까

바람 빠진 젖과 젖 사이
벌어진 이빨과 이빨 사이
처진 눈과 눈 사이

다시 웃게 될까
멀리 떠나려고 해

구름 위에서라면 내려다보며
바닥으로 내려가지 않아도 될 텐데

투명한 호수를 만나면
알몸으로 뛰어들 거야

너는 나의 꼬리를 물고
돌고 돌아 네 얼굴을 보려 해도

꼬리에 꼬리를 물고

이카로스처럼
태양에 소멸해버린 혜성 아이손처럼

소멸은 두려워하는 거리를 두고서 오는 것일까

혜성이 오르트 구름으로부터 오는 것처럼 나도 나에게
오르트구름으로부터 오고 싶은 것이다
심각하지 않게

그런가 봐요, 그렇게

번지점프를 하는 일도
눈을 떴을 때 낯선 곳에 있게 되는 일도

그렇지, 그렇구나, 그러지 뭘

'그리고 레온에 도착하면 메세타 고원도 끝이 난다'

원시림을 묻다

1.

한 송이 꽃이 제 몸을 밀어 올릴 때, 세계는 이른 새벽 달 아래 적요의 빈터에 이른다 공중에는 붉게 얼어버린 열매들, 새들은 왜 목이 마르지 않는 걸까, 목마른 형벌로 멈추어버린 시간, 푸르게 돋던 풀이 메말라 삭아버리는 그곳, 자취는 부서져 풀썩거리고 나는 알아들을 수 없는 웅웅거림을 목 놓아 울겠다 칼바람이 빈 가지를 후려치는 그 날,

2.

기억이 말라붙은 그곳, 아무도 다녀가질 않는 곳, 방향을 잃어버린 곳에서 태어나는, 푸른 태양

3.

떠나고 떠나던 사람들, 흐르던 개울의 한낮 무료하던 물소리도 말라붙은 채 한참을 낮달이 떠돌다 간다

헐벗을 그곳,

신발을 잃어버려도 찾을 수 없는 그곳,

걸어가야 할 방향을 상실할 때가 오거든

떠나며 원시림을 묻다

달빛 새장

달빛 새장을 타고 오르는
새는
오래 풍경을 품는다
달빛을 품은 새는
흰 달빛을 뿜어내며
구름 뭉텅이를 씹으며 졸고 있다
바람이 들면 후 날릴 것을
숨을 죽이고 형체도 보이질 않는 가지 위로
공중부양을 하는 새들
새장 밖으로 나가는 일과
새장 안에 머무르는 일은
거룩하다
달빛 밖으로 사라지는 일이
포근한 잠을 가지고 오는 일이었으면 한다
달빛을 타고 아래로 숨어들다가
심연 깊은 곳에서 푸 숨을 쉬어볼까
달빛 실은 날개,
구름을 뚫고 날아가는 찰나의 잠

달빛을 싣고 어디로든지 갈 수 있는,

돌아와 머무를 수 있는,

달빛 새장

세잔의 사과

사과는 쓸쓸하지 않다
쓸쓸하지 않은 사람이 걸어간다
숨을 곳도 없이 알몸인
여기, 맴맴 돌고 있다
쓸쓸해지지 않기 위해
빛이 오는 쪽으로 순간 이동한다
환한 유리창 너머 당신이 뎅그러니 남아 있다
빛이 닿는 테두리만 남고
속이 텅 비어갈 것이다

식탁 위 사과가 너의 얼굴을 떠먹으며
돌아오고 있다
사과는 벽을 뚫고 나가고
벽은 꿈속의 꿈처럼 흔적도 없이 아물고
공중에 잠깐 멈춘 사과가
대륙의 평원으로 걸어가고 있다
걸어도 걸어도 나타나지 않는 성을 향해

자꾸만 잃어버려지는 길을 걸어오고 있다

고도를 기다리며

사과가 울었다

사과라는 말 속에 폭력이 숨어 있다

말이 자잘한 자갈로 가득 차올랐다

쌀을 씻어 안치는데 오늘이 왔다

어제가 내일에게 이르는 길을 감당해야 한다

공중누각

꽃을 피우려 하지 줄기는 비틀리며 말라가고 뿌리는 짓물러 뽑혀 나가지 이를 악물고 튀어 오르는 태양 속으로 뛰어들 준비를 하는 하루의 첫인사,

아무도 찾지 않는 그곳 어지럽게 광고지, 대출 스티커들이 흩어져 있고 탁자 위로 시멘트 가루 흙먼지들이 희뿌옇게 덮여 있지

그림자가 잠깐 나무에 기대어 졸고 있는 동안 이를 악물고 견뎌야 할 시간이 무성하게 나뭇잎들로 부대끼는 중이지 우수수 떨어져,

돌아가야 할 곳이 있는지 어딘가에 도착하여 몸 누울 곳이 있는지

딱 딱 턱관절의 소리가 들려오는 시간, 건너오는 사람도 없고 건너가는 이도 보이질 않네

그곳 아직 지붕은 올라가지 않았고 바닥은 파헤쳐진 채 오래, 문이 없는 관문을 세우려 하네, 공중누각을 지으려 하네

잔혹 동화

초조를 드러내지 아니하고 기다림을 드러내지 아니하고 부양하는 방법은 굽은 허리를 펴려 하지 않고 그렇게 굽어가는 것이다 굽히는 것을 견딜 뿐이다 저항하지 않는다 그녀의 과일들은 저항하지 않는다 뜨거운 지열로 열 받은 포도 사이로 절제와 침묵 사이로 흐를 뿐이다

그녀의 시간은 물속에 잠긴 시간이 아니다 바짝 입술이 타오르는 시간도 아니다 유리 진열장 안에 갇힌 그녀의 시간이 유리되는 중이다

*'집집마다 창문에서는 밝은 불빛이 새어나왔고, 골목마다 맛있는 거위 구이 냄새가 가득했다'**

왜 당신만이 시간을 파괴하고 당신의 왕국을 건설할 것인가 얼음 왕국의 왕좌를 노리고 있는가 영원히 제국에 편입되지 않을 얼음 유곽 바깥을 유랑하는 당신은 또 다른 얼음에 갇힌 자의 궤도를 그려나가는

얼어붙은 잠, 산호들의 춤을 춘다 강장동물의 춤을 춘다

협곡을 드나드는 바람 소리 들이며 드러나는 고요를 못 견디겠거든 서로의 혀를 마비시켜 서로의 동공을 멈추게 하자
내일은 아직 오지 않았다

*'그 춥고 캄캄한 밤에 한 가난한 어린 소녀가 모자도 쓰지 않고 맨발로 거리를 걸어가고 있었다'**

* 안데르센 동화 「성냥팔이 소녀」에서

사과의 공간

사과를 깎는다
조각조각 썰어놓는다
한 조각을 먹는다
사과가 사라진다
다시 사과를 깎는다
사과에 집중한다
칼로 공중을 조각조각 썰고 있다

사과는 둥글지 않다고 믿는다
사과는 뻔하지 않다
흔한 사과는 사과가 아니다
사과를 믿지 않는다
사과는 입속에서 형태도 없이 사라진다
사과를 씹는 감각과 혀에 닿는 미각의 쾌락을 즐기는
나는 지독한 미식가다

나날이 불완전한 세계를 참지 못한다

사과를 놓아버리자

천장을 뚫고
무중력 공간을 날아다닌다

심장에 사과 형태의 구멍이
고속으로 뚫린다

내일은 오래오래 사과를 그릴 것이다

달의 침묵

웃을 수 없다 물든 벚나무 단풍을 쳐다보고도 아름답다 말할 수 없다 웃어도 웃음이 아니면 몸의 망각이 일어나고 있는가 계단 한구석으로 몰려간 낙엽들을 보다가 쓸쓸하다 말하려다가 말이 되어 돌아오지 못하는 침묵의 무게가 어둡다 건너오지 말라는 달의 신호를 지키지 않는다 건너와도 된다는 너의 신호를 기다리지 않는다 풍경 사진이 멋있구나, 정말 좋은 곳이구나, 달의 궤도를 따라 떠도는 가벼운 말을 지운다 노래가 좋구나 라는 말보다 차라리 무언의 미소가 더 견디기 낫다 예쁜 내 새끼라고 말하는데 어미가 새끼를 얼마만큼 예뻐하는지 궁금해지기 시작했다 웃는 표정이 웃는 것인지 우는 표정은 우는 것인지 분간이 가질 않아도 좋다 무표정한 현실이 고요하게 다정하다 너를 사랑하지 않아도 변하는 것은 없다 네가 보내는 잘 지내요 라는 말보다 일요일 아홉 시 기차역에서 만나요 라는 구체적인 침묵이 그립다 아파트 뒤편으로 숨어 뜨는 달, 달 주위로 무리 지어 함께 떠오르는 달의 침묵처럼 그런.

사이

당신과 나 사이에서 서 있을 뿐, 계절은

소나무와 소나무 사이를, 걸어가는 이의 등과 바라보는 이의 사이를 흘러간다 오리나무와 오리나무 사이를 흘러간다 덜꿩나무 붉은 열매와 열매 사이를

가끔 나뭇가지 위로 걸터앉아 쉬기도 하겠지만 날아서 저 하늘과 우듬지 사이를 노닐 것이다 외줄타기처럼 아슬아슬한 놀이를 멈춘 뒤

사이를 흐르다가 가끔 그림자도 없이 그늘도 없이 사라지는 유희를 즐기다가

햇빛의 등을 타고 당신의 팔에 투명인간인 듯 잠시 기대었다가, 소리도 없이 빠져나와 머물 자리를 찾아 떠나는 것이다

당신을 알 수 없고 나를 모르는, 사이

불모지

야생동물이란 말의 울림에 설렜던 것은
초원과 벌판을 떠올리며 자유로움으로 떨렸던 것은
살아가고 싶다는 생명성을 느꼈기 때문이다

수족관 속의 물고기들처럼
닫힌 노래를 부르고 있다
들리지 않는 노래를 부르고 있다
훤하게 비쳐 보이지만 아무것도 보질 못하는
깊은 물의 침묵과 적막이 흐르고 있다

제자리로 돌아가는 일이 어렵다
동물들은 숲과 벌판에 대하여
식물들은 제 뿌리에 묻혀온 흙들에 대하여
기억을 잃어버리고 있다
말을 잃어버리고 있다

스스로 소리를 낼 수 없고
스스로 번식할 수 없고

자라고 싶은 방향대로 살아갈 땅이 없다

초월하기엔 너무 멀리 떠나와 있다

은행나무 아래 식탁

가로등 선 익숙한 거리에서 낯선 도시로
추방된다면 다저녁때 초승달을 볼 수
있을 것이다
달에서 지구로 추방되어 여기를 비추는
가로등 같은 저녁은
낯선 도시에서 맞이하는 식탁 위의
한 끼 요기처럼
비워갈 것이다
낯설다는 것은 안을 밖으로
내보낸다는 것이다
밖으로 추방당하는 것이다 밖을
서성거리는 이들에게
사라지는 것은, 도로 밖이 되는 것일 뿐,
정박하지 못하는 시간을 유랑하며
무작정 자신에게로 오는 것을 방향 없는
그곳으로 밀어낼 뿐
이런 저녁이 내게 온다면 은행나무
아래에서 텅 빈 눈동자와 마주치며

인사를 나누겠지
별 탈 없다는 듯이
모든 것이
아무 일 아니었듯이
은행나무 아래에서

식탁을 차리게 되겠지,
저 하늘, 초승달 무심히 차려지듯이
식탁을 차리게 되겠지

설산행(雪山行)

말이 다른 말에게로 가기로 한 곳은 어딘가
말없는 표정이 또 말없는 표정에게로 닿으려 한 곳은 어디일까
찬 겨울 아침 서리꽃, 누구의 입김이 지나가고 있나
히말라야 설산에 가닿는 말의 발과 얼어붙어 녹지 못하는 말의 혀 사이로
히말라야 설산은 거기 있다
히말라야 거친 말이 태곳적부터 침묵으로 떠돌던 눈바람 속으로 들어갔다
멀리 동굴 어딘가 말의 종유석이 매달렸다고 한다

덜꿩나무 꽃들의 향기가
새들이 날개 터는 소리가
지금, 여기인가
보이지 않는 것이, 어디에 잠들지도 모를 새의 밤이
지하의 암반이
밤마다 자리를 틀지 않겠나
흔들리는 나무 아래 딱따구리 새끼들이, 꿩의 알이

꿈틀거리지 않겠나
원시를 꿈꾸던 숲이
낡은 시간을 방랑하며 늙어간다

히말라야 설산으로 가는 꿈을 꾼다

무궁화 몇 송이 피어났다

검과 혼연일체가 되어 검법을 행하는
무사라도 되는 것처럼,

사물이 제자리로 돌아간 저녁이다

길 아닌 곳을 쉽사리 허락하지 않을 세계가
한 발 한 치 물러선다
이게 다 초승달 때문이다
여름 나무 어딘가 매달려 울고 있을 매미 때문이다
아니 길가 화단에 핀 원추리 때문이다

잎이 나고 잎이 떨어질 속도로 머물까
은행나무 열매들이 노랗게 익어갈 속도로 머물까
그렇지
포릉 포릉 날아다닐 참새 같은 시절도 있었지
달처럼 별처럼
정박하다 길을 떠나는 것이다

여름 소나무가 빛날 때도

정령들이 나무에 내려앉듯
그렇게 거닐 일이다

세상에 없는 속도로 지나갈 일이다
원추리꽃 만날 걸음으로 지날 일이다

술래도 숨는 자도 쫓김도 없다 무궁화 몇 송이 피어났다

꽃이 피다 말고 그냥 숨 넘어가고

'꽃이 피다 말고 그냥 숨 넘어가고' 그 말에 '웃었습니다' 라고 말하고
왠지 허전하더니

졌을 거라 생각한 복사꽃은, 길게 뻗어나간 가지를 부여잡고 매달린 저 꽃들은, 응달에서 피느라 쉬이 지질 못하고 가지 끝 미리 나오기 시작한 잎과 어울려 봄날을 부여잡는 것이라

꽃이 그냥 숨 넘어가는 것은 웃을 일이 아니라
슬픈 일이다, 꽃 피는 일이 숨 넘어갈 일이라니

숨을 멈춘 듯 서서 상수리나무, 밤나무에 일렁거리는 여린 새잎을 바라보니

시간이 흘러 가버린 것이 아니라
시간을 쫓아내 버린 것을

복사꽃이 뻗어나간 가지 끝 너머를 날아, 상수리나무 여

린 잎이 일렁거리며 푸른 하늘가 너머를 간질이는 아침, 중
천에다 낮달 하나 그려 넣고 이 감옥을 왠지 탈출할 거라는
생각을 한다

돌, 꽃비 내리는

사라지는 낮달이 돌이 되어, 하얀 꽃비로 내리어 박힌다 돌처럼 굳어가는 새, 돌이 놓인 자리, 돌은 어딘가로 사라지는 발, 흰빛 허공을 날아가는 돌, 돌과 돌 사이로, 칠흑 사이로, 돌이 살아나는 소리도 없을 밤, 구름 위로 앉아 무한 정적이 되어가는, 무한히 열려가는 돌 속으로

돌이 돌의 흔적을, 돌 속으로 열려가는 시간을 사랑했으나, 분노와 파멸인 시간을 사랑했으나, 상처를 모르고 슬픔을 모르고, 당신을 지우고, 너에게로 가는 길의 시작과 끝을 지워버리고 나면 돌의 바탕 위로 물결치는 회오리 회오리를 사랑했던가

산기슭에 놓인 돌 위로 내리는, 꽃비 내리는, 돌의 가슴 속으로 파고 들어가 새겨지는 꽃비 내리는, 무위(無爲)라는 꽃말을 지닐 것이다 떠돌다 떠돌다 내리는, 화석으로 박히는, 몸이 닳고 닳아 꽃비로 날리는, 꽃비 내리는 그날,

[illegible] 벽에 돋소듬 그려 넣었시요 작살을 맞고 붉은 살점이 사라지고
[illegible] 남을 때까지 축축 [illegible] 춤입니다 해 진 거리로 얼쩡거리는

제4부

[illegible] 춘장이란 허울이 넘실거리는 벽에 비치는 그림자들의 춤 앞에서 변했습니다 죽음 만한 고통이란 있는 것이겠지요 불이 있어야 고통이라 [illegible]
[illegible]이요 시상에서의 하룻밤이었습니다 하필 왜 돋소나고 불었습니다 구체적인 날이 흘러가야 했으니까요 가끔은 방을 설지 않은 채로 추는 춤을 [illegible]

플라스틱 여관

플라스틱 여관에

낮달이 머무르는 듯

플라스틱 인형이 잠들고,

닿을 수 없는 적막,
　　　　　　　품,
　　　　　　　너의 눈동자,
　　　　　　　자귀나무 꽃 핀 하늘가,

꿈속에 핀 플라스틱 꽃,

찰나로 머무르는 곳,

정박하지 못하는 발이여,

태어나고 버려지는 플라스틱 인형들의 얼굴이여,
비애를 모르는
하늘가 마른 울부짖음이여,

뫼비우스의 띠

아래 꽃과 위 꽃 사이
아래 가지와 윗가지 사이

둥지와 가지 사이로 날아다니는 새들 사이

동백나무 두터워진 수피 너머로 경계도 없이
삶과 죽음은 드나들고

사람들은 자꾸만 죽음을 덜어내고
가지치기로 삶을 다듬어보지만

삶의 형태는 측백나무 향나무 잣나무와 다르다는 것이다

좀처럼 정체를 드러내지 않는 것이

낫질의 노동과 땅 사이로 스며든다는 것이다

게딱지를 벗기고 꽃게탕 끓이는 저녁이 온다

그 사이 누군가는 지팡이를 짚고 이 길을 돌아볼 것이고

마을의 집은 철거로 붉게 표시되고

출산의 고통으로 앵두꽃이 따닥따닥 핀다

민물홍새우젓갈 같은 시절이 삭혀지고 있는,

눈물 마른 각막들이
다닥다닥 열리는
오래된 벚나무 사라진,

뫼비우스 띠의 뒷면에 이은 길을 따라가면 거기,
폐허였다.

죽은 잠

— 사물

너는 움직인다라고
말하지만
여전히, 바닥과 일정한 높이에 이를 뿐이다
바닥과 맞닿아 누웠다라고 말하지만
바닥이 잘려 나가고
천장이 사라진 그곳
유랑 같은 잠에 들 뿐이다
굳어서 이제, 네 자리를
갖는다고 말을 하겠지만
깨지기 쉬운 불안정한 경계에
다다랐을 뿐인지도 모른다
깨어나기 위한
잠에 들어가는 생물처럼
포근한 이불을 덮고
사물의 잠에 이를 것이라 하지만,
눈을 감아 보이지 않을 뿐,
수없이 떠올려지지 않은 곳을
너는 죽음으로 치장하려 하겠지만,

정지, 사라지는 것,

눈에 보이지 않는 것으로, 말한다는 것은

비겁한 도피다

사물에게로 가서,

어디로 가닿을지 모르는

사물의 잠에게로 가서,

금이 간 잠을

눕는다

사물의 잠으로 갇힌 바깥은

아직 삭막하다,

여기 잠시 머물 예정이다.

낯선 장소

거울 속에
이름을 지운 꽃들이 피어 있다
파인애플의 푸른 꼭지는 빳빳하고
바나나가 탱탱하다

거울 밖에서
소쿠리에 담긴 과일이 시들시들해져가고
그녀는 팬티가 지저분하다고 고민을 하며
아부하던 그는 매일 술에 취한다

거울 속에서 거울 밖으로 너는 넘나들며 섞여든다

꿈만 꾸면 부엌은 어질러져 있고
보이지 않는 얼굴의 머리채를 뜯으려 하며
힘껏 달리며 도망치는 중이다

몸을 벗어나지 못하는 몸이
제 몸속을 달리고 있는 것이다

언제나 푸른 벌판이었으면,
달릴 때마다 발자국 뒤로 화려한 꽃들이 피는 그런,
곳이기를.

거울 속에 박제된 꽃들이 피어 있다
발 없는 꽃이 얼어붙자
거울 밖에서 말들이 굳어간다

거울 속에 움직이는 시체들이 들어 있다
거울 속과 밖을 구분하는 일이 삭막하다
모두가 다른 장소에 서 있다

낯선 장소에 가 있다

기울어진 지구에서

보이는 것은 천막과 나무와 지붕과 지나가는 버스일 뿐,
거리와 날아가지 않는 과일뿐,
타인은 이제 곁에 없으리라는 것과
스페인에 언젠가 갈 것이라는 것과
저 몽고 벌판으로부터 씨앗이 날아왔다는 일과
타인이 궁금해지지 않으리라는 일은,
시베리아 벌판에 액자로 우두커니 갇힌 나도 있을 거라는 일과
그것은 화석일 것이라는 것과
내 발이 퇴적층으로 빨려 들어가는 중이라는 일과
얼굴 중에 죽음이 차지하는 비율과 싸우지 않으리라는 것과
공포와는 여전히 싸울 거라는 것과
사는 일이 너에게 빚 갚는 일은 아니었으면 한다는 일로부터

돌로 집을 짓지 않으며 돌은 제자리에 머물 것이며 돌은 자신의 흔적을 몰래 지우려한다는 것이며 돌은 결국 속수무

책으로 비를 맞는다는 것이며 돌은 가볍다는 일이며 가벼워지는 일에 가까워지는 일이라며

때로 절규하며
때로 뭉개지기도 하는 일과
때로 혼돈일 것이며
맑은 하루와 흐린 하루로
익숙한 하루이기도 하다

에볼라*

벚꽃이 하나, 둘 폭발하는 고개

산에 오면 어딘가를 향해 통화하는 그녀는
그렇지.

조팝나무의 향기를 맡다가

목련이 지려 하는
대책 없는 아침에

왜 인간은 화초를 죽이며
시간을 키운다고 말하는 걸까

무성하게 자라는 식물 사이로

무심하게 살찌는 개의 시간 속으로

창살은 사라지고

소통이라는 이름으로

머리를, 어깨를 매만지며 키스를 나눈다

내 죽음이 네게로 옮겨가

단지 두려워하는 것은

네가 낯설지 않다는 것이다

* 에볼라 : 1976년, 자이르와 수단에서 발생한 질병의 원인 바이러스에 에볼라 바이러스라 명명했다. 에볼라라는 이름은 이 질환이 처음으로 발견되었던 지역을 흐르던 강의 이름이다.

침울한 와해(瓦解)

그럴듯한 시간을 사는 듯했으나
그렇게 둥글게 손잡고 얼굴을 내밀며
시간을 다 살아낼 줄 알았으나
어느 날 문득 와해라는 손님이
문을 두드릴 줄 몰랐지
—누구라도 눈치 못 챈 듯
세월은 늙어가고
언제나 집을 지키고 서 있을 것 같던
목책 울타리도 부서져가고
긴 시간을
저마다의 모습으로 오래 버틸 줄 알았지
닭이 알을 헤아릴 수 없이 낳는 시간 동안
무정란의 세월을 품었던지
모래처럼 퍼석거리며 날려가는 시간의
잿더미를 지나갈 줄 몰랐지
이제는 세우는 것마다 쓰러질 것이고
덮이는 것마다
폭풍에 날려 날아가 헤어질 것이다

호소력 짙은 소음처럼

거리를 뚫고 올라오는 새순들처럼

애견가게 폭 좁은 진열장 안을

등 곧추세워 꼼짝없이 갇혀

오고 가기만 할 뿐인 얼룩 고양이처럼

그렇게만

우리는 이 울타리에 들어섰다

팔려나가는 것을.

저마다 목청을 높이며

희생을 부리기만 할 뿐인 이 거리를 향해

마치 구원인 것처럼 걸어 다닌다

이름이 무슨 소용 있겠는가,

지나간 겨울 정문에

낯선 사철나무 한 그루 제자리에 서 있었으나,

팝아트

한 여자가 흰 벽을 마주하고
치킨을 먹는다
흰 벽 안으로 들어간다
코카콜라를 마신다
한 여자가 흰 벽 밖으로 들어간다
갇힌 사각의 병동에서 벗어나기만 하면
해는 가볍게 떠오르고
뿌리도 없이 가볍게
전화를 거는 구름 같은 저녁,
공중을 떠도는 무수한 자음과 모음 중에서
형체를 겨우 지닌 말 한마디
사라진다, 무한하다
막창을 뒤집어 구우며 알게 된 여자는,
남자의 폰 바탕화면에 얼굴이 깔린 그 여자는,
뿌리도 없이, 잎도 꽃도 열매도 없이
실크스크린으로 인쇄한 얼굴, 얼굴, 마릴린 먼로*
한 여자가 카드를 긁어 계산하고
돌아서는 두 여자와 한 남자의 등 뒤로

사람들은 더 이상 자신의 말을 하지 않는다

빈 허물 같은 육신이

고목에 달라붙어 있을 때도,

흔적도 없이 이 자리로 돌아와

다시 가볍게 휙 날아갈 때도, 세계는

시간을 건조하게 인쇄하고 있다

한 여자, 한 여자,

한 여자는

끝없이 인쇄되어 나오고,

* Marilyn Monroe; Andy Warhol(1928~1987)의 그림.

야생동물보호구역

1. 마담의 상실

패션잡지들이 쌓인 바로크풍의 테이블 뒤에서 여주인이 흰머리를 틀어 올린다 늘어진 롱코트가 마네킹을 짓누르고, 드러난 엄지발가락이 추위로 시리다 옷감들이 화려한 색을 접고 빛바랜 조화는 무심하다 꽃대 부러진 백합 한 송이, 꽃다발이 마르는 시간을 지나 조명 아래 바스러질 듯, 알로에의 지치지 않은 푸른빛이 여주인의 눈에 비친다

2. 붉은 여우

붉은 여우 한 마리, 갇힌 철망 사이로 강렬한 눈빛이 살아있다

3. 인공항문을 단 여자

직장암 수술 뒤 인공항문을 단 그녀는 이제 별일 없으면 사는 게 괜찮은 것이라 한다 야생의 한 시절을 추억한다 날것 그대로, 꾸며도 숨겨지지 않는 시간을 견디다가 눈감고 싶을 때도 있지만 그녀는 지금 야생동물보호구역인 황야를

천천히 걸어가는 중이다

4. 야생동물보호구역과 문

철망과 벽으로 둘러쳐진 공간에서 죽어가기도 하고 문이 사라진 허허 들판에 서 있게 되기도 한다 구역과 경계가 보호가 되기도 하고 때론 구속이 되기도 하여 자신의 냄새로 경계를 지워버린 뒤 황야의 사냥터로 어슬렁거리며 걸어간다 그녀는 끝까지 황야에서 살아남는 방법을 겪어내는 것이다 괜찮다며 닳아가는 심지를 마른 얼굴 위로 드러내며 퍼석, 보이지 않는 웃음을 혼자 짓는 것이다

새

아침의 일 초와 다음 일 초 사이를 빠져나가는 것들

산수유 열매와 열매 사이로 스러지는 것들

붉은 열매를 가진 적이 없다*

상처 입은 짐승의 붉은 심장은 봉합되기 바쁘다

기운 흔적이 드러난 하늘

거리에 돌아오지 않는 눈발 눈발들

얼굴에 닿는 눈과 눈 사이를 날아다니는 새

허공에서 잠자고 눈 뜬다는 새

흰빛으로 오는 시간을 날아 투과하여 차가운 공기로만 남아

새는 내게로 온 적이 없다

동토의 하늘 위로 찬 발자국들이 찍혀 있는 것을

허공과 허공 사이에서 건너다볼 때가 있다

* 이윤학 시집 『붉은 열매를 가진 적이 있다』에서 변용.

수족관

유리관 속 부레와 지느러미가 퇴화한 물고기들이 부화하지 못할 알을 낳네 숨죽은 시간 속을 느릿느릿 옮겨 다니며 거품으로 떠오르는 말을 지우네

태어난 곳이 어디였더라, 몸에 낙인 찍힌 기억이 갇힌 이 곳,

네 목을 내어놓아라, 끝 모를 허기가 출렁거리지

날 선 풍경이 흘러드는 수족관 속으로 구름이 피워내는 검은 꽃들을 바라보네

황량한 바람에 꽃은 웃는 척할 뿐이야, 눈물이 도로 위로 얼룩지네 사각형의 관을 지고 가는 새들이 수족관의 하늘을 검게 뒤덮고, 발화하지 못하는 말이 비듬처럼 수북하게 내려앉아

꿈 잃은 꽃들의 언 입술이 빙빙 돌고 있는 밤

수족관은 거대하게 불어나고 터진 입술들이 흩어져 떠돌지 수족관의 하루가 지독하게 머물러 있을 거야

마당의 장례식

마당에, 눈이 내린다
텅 빈 마당에
겨울 아침 젖은 마당에
마당은 품을 것도 없이, 내칠 것도 없이
거기에 놓여 있다
햇빛이 마당에 내리는 것은 아니다
햇빛이 팽팽하게 마당에 평행으로 걸쳐 있다
누군가 들어서는가 싶어 문 열어보면
아무도 없다
그해 여름은 오래, 마당을 뜨겁도록 달구어댔다
적막이 마당으로 쿵쿵 뛰어들기 시작했다
마당은 어두워져갔고
검은 발자국들로 뒤덮여갔다
마당은 감추고 있다,
마당은 폐허를 불러들이고
죽음에 몸을 내어주고
어깨의 햇빛들이 검게 차오르고
어차피 사라져야 하는 것은

마당인지 모른다

마당이 서서히 눈을 내려감는다

마당의 장례 위로

함박눈 내리퍼붓는다

삶과 죽음의 경계가 흐릿해지도록 퍼붓는다

절룩거리는 발목들이 지워져간다

세상의 비애들이 마당의 접혀버린 허리께로 덧없어져간다

오직 마당의 장례식에는

지금도 펑펑,

함박눈이 온종일 끝 모르게 퍼붓고 있을 것이다

제라늄은 밖을 보는가

애완견이 제라늄을 보는가
제라늄은 밖을 보는가

텅 빈 바깥,
애완견이 목줄에 이끌리며 컹컹 짖는
허기진 저녁이 온다
닫힌 귀로
세계의 등을 바라보았는가

죽어가는 소나무
죽어가는 뜀박질
죽어가는 입술

텅 빈 눈동자,
잃어버린 시선을 따라간 곳은
누구도 머문 적 없는
빛으로 떠오르는 방,
태어난 흔적도, 멀리 떠난 흔적도 없는

등 돌린 방,

마음 간 길을 내다 버리는데
붉은 신 건너간다

달무리 진 지붕 위로

나는 이미지를 보고 밥을 먹는다
빛과 그늘의 이미지를 구별하고
무의미와 의미의 몸짓을 지워버리며
이미지에서 산맥을 그리고
이미지에서 멈춰버린 대양의 물결을
격랑 치게 하기도 한다
이미지에서 때론 꽃을 피우기도 하며
이미 핀 꽃을 삭제하기도 한다
무뚝뚝한, 대화 없는, 소통 없는
어느 담벼락만 하염없이 바라보기도 하고
이미지 속
석양과 여명을 지겨워하기도 하며
이미지를 구별하며
산맥과 사막과
집과 폐허를,
때론 달무리 진 지붕 위를 건너뛰곤 하는 것이다
거기,
나의 사랑하지 않았던 마음을 새겨두었는가

그 누구도 제대로 구하지 못한 보잘것없는 시간의
누더기를 걸쳐두었는가
언덕에서 내려다본 해변 따위는 이미 그 자리에 없는 것
이었고
사람의 의지를 드러내며 살아가는 일이
모두 사라지는 이미지였다는 것을
이미지를 걷어 올리고 남을 슬픔이 두려워
오늘도 이미지로 밥을 먹고
있지도 않을 나로 살고자 한다

광활한,

광활한 바위

광활한 강물

광활한 발자국

광활한 눈동자

광활한 순례

광활한 풀

광활한 뒷모습

광활한 주름

광활한 인사

광활한 아침

광활한 공간으로 지는 달

여기 광활한 그림자 지다

광활한 벌판 속으로 한 사내가 걸어가며 그림자 지다

광활한 오아시스 안으로 떠오르는 뒷모습,

광활한 거실, 거기 누구 있나요

잡히지 않는 향기, 보이지 않는 침묵

광활한 침묵

광활한 추억

광활한 산맥이 드러나고

달빛 깔린 눈 덮인 벌판, 잣나무 한 그루 아래

한 사내가 꿈 없는 꿈을 펼친다, 광활하게

정박한 말의 서사와 아이러니의 상상력

박남희

1. 체험적 언어와 상상적 언어

말이 한 척의 배라면, 그 배는 출항지와 기항지와 선착장을 가지고 있을 것이다. 이럴 때 망망대해는 체험과 상상력이 길항하는 언어의 바다가 될 것이다. 한척의 배가 된 말은 파선을 무릅쓰고 앞이 보이지 않는 언어의 바다를 항해하게 된다. 시인이 시를 쓰는 일도 이와 같다. 배가 출발할 때는 기항지와 선착장을 생각하면서 항해를 시작하지만, 막상 항해에 들면 태풍이 불기도 하고 암초를 만나기도 한다. 그리하여 배가 도착한 곳이 처음 의도했던 곳이 아닐 수도 있다. 그런데 시 쓰기로서의 항해는 반드시 처음에 의도했던 곳으로 가지 못했다고 실망할 필요는 없다. 콜럼버스가 예상하지 못한 곳을 항해하다가 우연히 신대륙을 발견했듯이, 시 쓰기는 처음부터 계획된 것으로서의 시 쓰기보다는 자유로운 시 쓰기를 통해서 더 좋은 상상력에 이르게 된다. 그러므로 바람직한 시 쓰기는 정박한 말들은 자유롭게 풀어놓아 자신만의 지느러미를 얻게 하는 것이다.

이 글의 텍스트인 강현숙 시인의 시들을 읽으면서 느낀 점은 시인이 정박한 말들을 풀어놓아 자신만의 지느러미를 달고 그 말들이 가고자 하는 곳으로 갈 수 있도록 한다는 점이다. 정박한 말들도 오래 있다 보면 자신도 모르게 어딘가에 새겨지게 되는데, 시인은 새겨진 말조차 절경이 되게 만드는 재주를 가지고 있다.

슬픔의 고백 때문에 찾아간 곳이었습니다 말이 없었습니다 응답도 없었습니다 고백이 있었던가요 아무것도 보질 못했습니다 세상을 멀리 두고 침묵 앞에서 그 무엇도 듣질 못했습니다 새긴다는 말에 집착하지 말기로 했습니다 평생 들은 소리, '적요'라는 말 한마디 들었습니다 입을 다물었습니다

수많은 말, 불안한 여운, 말을 쪼이고 새기는 일로 태어난 말의 파편들을 한 시절 흘려보냈구나

아무 말도 하지 않도록 했습니다 정박한 말을 아시는지요 슬픈 말이란 묶인다는 것을 의미했습니다 하룻밤 항구에 묶여 떠돌던 언어를 보셨는지요 스러져가버릴 흔적 없을 사람의 말을 아시는지요 말이 머무를 집, 정박한 배 한 척을 보신 적 있는지요

여윈 말들아, 소리들아
거기 그리 정박해 있어라
거기 그리 바위에 새겨진 채로 매달려 있어라, 흩날리듯
동토 위로 얼어붙은 변명 같은 세월이,
새기고 새긴 언 말이 박혀 캄캄절벽을 이루는 절경이 되었습니다

—「정박한 말」 전문

인간에게는 어디론가 꿈틀거리며 끊임없이 이동하는 말보다는 어딘가에 정박해 있는 말들이 훨씬 더 많다. 인간이 기억하고 있는 체험적 서사는 대부분 정박해 있는 말의 형태를 지니고 인간의 내면에서 자생하고 있다. 정박해 있는 말은 어딘가 묶여 있는 말이지만 죽은 말은 아니다. 정박해 있는 배도 때가 되면 다시 항해를 시작한다. 정박해 있다는 것은 역설적으로 어디론가 떠나고 싶어하는 것을 의미한다.

위의 인용 시를 보면 화자는 슬픔 때문에 말을 찾아가지만 어떤 응답도 고백도 듣지 못하고 단지 '적요'라는 말 한 마디만 듣게 된다. 그러면서 그가 얻은 것은 "수많은 말, 불안한 여운, 말을 쪼이고 새기는 일로 태어난 말의 파편들을 한 시절 흘려보냈구나" 하는 탄식이다. 마치 메타시처럼 읽히는 이 시는 시인이 정박한 말의 발견으로부터 시작된 시 쓰기의 과정을 보여주고 있는 것처럼 보인다. 그가 새롭게 인식하기 시작한 "정박한 말"은 "슬픈 말"이면서 "하룻밤 항구에 묶여 떠돌던 언어"이고 "스러져가버릴 흔적 없을 사람의 말"이다. 시인은 이러한 정박한 말을 자유롭게 풀어놓아 "말이 머무를 집"을 향하여 항해를 시작하기를 꿈꾸고 있다. 그러면서 시인은 정박해 있는 말들에게도 격려하는 말을 잊지 않고 있다. 시인은 그 말들에게 "여윈 말들아, 소리들아/거기 그리 정박해 있어라/거기 그리 바위에 새겨진 채로 매달려 있어라"라는 응원의 말을 하면서도 "흩날리듯"이라는 말을 통해서 어디론가 꿈틀거리며 다시 항해를 시작하기를 바라고 있다. 그러면서 정박한 말도 때로는 "세월이,/새기고 새긴 언 말이 박혀 캄캄절벽을 이루는 절경"이 될 수도 있다는 것을 강조하고 있다. 세월이 절벽에 새긴 언어가 체험적 언어라면 새로운 항해를 시작한 언어는 상상적 언어이다.

> 말을 하라, 나를 부르는 그곳, 그곳은 얼어 있지 아니하고, 흔들리는 중이며, 말을 하라고 먹먹하도록 부추기는 그곳, 말이 풀려나오기 시작하고, 말이 흔들리지 아니하고, 말이 뿌리를 간직하며,
>
> 달빛 아래 피어나는 말이다. 추억이 아니라, 고통이 아니라, 농담이 아니라, 절벽이 아니라, 파멸이 아니라, 배반이 아니라, 짓밟히고 파묻히는 것이 아니라
>
> 때로는 포기와 체념과 무표정으로, 때로는 넋이 빠져나가 버린 침묵으로 있으라 한다 안락한 그늘이 아니다 공중누각이 아니다 무릉도원이 아니다 시간과 공간이 지워지는 그곳에 가면 할 말이 있었다
>
> 텅 빈 구멍으로 들어오고 빠져나가는 둥근 그늘, 그곳에 가면
>
> —「둥근 그늘」 전문

그동안 얼어붙은 항구에 정박해 있던 언어의 배는 새로운 항해를 시작한다. 배가 항해 끝에 닿으려는 곳은 시인을 부르는 "그곳"이다. 시인은 그곳을 "둥근 그늘"로 명명한다. 시인에 의하면 그곳은 "얼어 있지 아니하고, 흔들리는 중이며, 말을 하라고 먹먹하도록 부추기는" 곳이고, "말이 풀려나오기 시작하고, 말이 흔들리지 아니하고, 말이 뿌리를 간직하"고 있는 곳이다. 시인이 그곳에서 만나고 싶은 말은 "추억이 아니라, 고통이 아니라, 농담이 아니라, 절벽이 아니라, 파멸이 아니라, 배반이 아니라, 짓밟히고 파묻히는 것이 아니

라" "달빛 아래 피어나는 말"이다. 그러면서도 그곳에는 이처럼 역동적인 말도 있지만 "때로는 포기와 체념과 무표정으로, 때로는 넋이 빠져나가 버린 침묵"이 있는 곳임을 아울러 상기시키고 있다. 시인은 그곳을 특별히 "시간과 공간이 지워지는" 곳으로 명명하고 있다. 여기서 시간과 공간이 지워지는 곳은 현실 공간을 벗어난 죽음의 공간이 아니라 "텅 빈 구멍으로" 언어가 "들어오고 빠져나가는" 자유로운 상상의 공간이다. 즉 시인이 지향하는 시적 공간은 자유로운 상상력을 통해서 뻗어나가고 싶어 하는 열린 공간이다.

2. 역설과 반어의 서사와 열린 상상력

강현숙 시인의 시들을 관통하는 대표적인 중심 이미지는 돌과 달과 물이다. 달과 물이 시인의 여성성을 대변해주고 역동적인 삶을 표상해주는 긍정적인 이미지들이라면, 돌은 죽음과 단절의 서사와 연결되어 그런 것들을 허물기 위한 반어적 이미지로 사용되는 경우가 많다. 이것은 시인의 시에서 삭막함과 죽음을 상징하는 '사막' 이미지와 생명과 사랑을 상징하는 '장미' 이미지가 대비를 이루고 있는 것과도 흡사하다. 강현숙 시인의 시들을 읽다 보면 결핍과 단절, 또는 죽음을 상징하는 이미지들과 생명과 소통을 의미하는 이미지가 산재해 있다. 그런데 시인의 상상력에는 유토피아적인 것보다 디스토피아적인 것이 훨씬 많이 있다. 이러한 상상력을 부정의 상상력이라고 단정 지을 수는 없지만 이와 유사한 의식이 시인의 시에 내재해 있다는 것을 부정하기는 어렵다.

시인은 시집의 서두에 있는 '시인의 말'에서 "시들이 가리키는 방향을 따라 가며 이 세계와 함께 낡아가기를 원한다./심각하지 않게 살기를 원하고 그저 그런 듯이 죽기를 원한다./시와 더불어 쓸모없음을 지향하고 무용지물이 되기를 원한다./무미건조한 시를 추구한다."고 말하고 있는데, 시인의 이러한 진술은 어느 정도 수긍이 가기도 하지만 다분히 반어적으로 받아들여진다. 시인이 "시와 더불어 쓸모없음을 지향하고 무용지물이 되기를 원"했다면 아마도 시를 쓰지 않았을 것이다. 이러한 시인의 진술은 오히려 아무런 쓸모도 없이 변해가는 세상에 대한 시인의 항거이며 비판이라고 말할 수 있다. 이러한 반어와 역설의 언어는 부정적 세상에 대한 촌철살인의 무기가 되어 그의 시를 빛나게 하고 있다.

돌에서 꽃이 피기를 기다린다

돌이 바람과 햇빛을 들이고 돌 속 황금빛 문이 열리며 아이들이 태어나기를 기다리는 동안, 돌의 입 가득 흰 꽃들이 무진장 피어오르기를 기다리는 동안

단단한 돌무덤 아래 잡힌 잠들

돌의 구름, 돌의 안개, 돌의 꿈, 돌의 번개, 돌의 태양, 돌의 정령, 돌의 심장에서 오래 갇혀버린 꽃

돌의 기슭에서 떠도는 오랜 전설

바람과 구름을 잉태한 여자의 젖은 탯줄과 돌무덤 밖으로 길게 퍼져 나가는 검은 버섯 무리들, 돌의 비문들

돌이 돌을 가두고 돌을 두드리고
돌이 폐허를 묻고 돌이 폐허를 어루만질 때

돌 틈으로부터 돌꽃이 필 때
돌이 새 울음을 울 때

—「돌의 꽃」 전문

이 세상에는 이끼나 우담바라처럼 돌에서 피어나는 생명체들도 있지만, 돌은 대부분 생명과는 반대되는 갇힌 이미지를 내포하고 있는 경우가 많이 있다. 그런 의미에서 이 시의 초두 "돌에서 꽃이 피기를 기다린다"는 진술은 다분히 반어적이다. 화자는 삭막한 돌을 생동하는 이미지로 전환해서 "돌이 바람과 햇빛을 들이고 돌 속 황금빛 문이 열리며 아이들이 태어나기를 기다리"고, "돌의 입 가득 흰 꽃들이 무진장 피어오르기를 기다리"고 있다.

시인이 이러한 상상을 가능하게 해주는 것은 단단한 돌무덤 아래 "돌의 구름, 돌의 안개, 돌의 꿈, 돌의 번개, 돌의 태양, 돌의 정령, 돌의 심장에서 오래 갇혀버린 꽃"이 있다는 믿음 때문이다. 이 시를 메타시로 읽는다면 이 시의 꽃은 시로 번역될 수 있다. 이 꽃은 "돌의 기슭에서 떠도는 오랜 전설"로 '돌의 비문' 즉 시의 비문에 새겨질 만한 것들이다. 그런데 돌의 비문에는 "바람과 구름을 잉태한 여자의 젖은 탯줄과 돌무덤 밖으로 길게 퍼져 나가는 검은 버섯 무리들"처럼 상반된 이미지들이 공존한다. 이러한 상반된 이미지들을 통합적으로 "돌의 비문"에 새길 수 있게 해주는 것이 시인의 반어적 상상력이다. 시인은 이러한 시적 행위를 "돌이 돌을 가두고 돌을 두드리고/돌이 폐허를 묻고 돌이 폐허를 어루만"진다고, 대비적으로 진술하고 있다. 강현숙 시인의 시들이 긴장감을 유지하고 탄력을 얻게 되는 것은 이러한 시인의 화법과 무관하지 않다.

> 돌들이 돌들을 낳고 돌이 돌 위로 투명하게 얼굴을 새깁니다 돌은 돌을 볼 수 없고 돌은 돌의 바닥까지 구르며, 얼굴이 바닥도 없이 사라지는 돌입니다 돌의 감옥, 움직일 수 없는 집을 감옥이라 불렀습니다 돌이 돌을 낳습니다 돌이 돌을 가둡니다 돌은 돌의 구조를 낳습니다 돌의 도형을 만들어 돌이 돌을 짓습니다 돌이 돌을 잃습니다 돌이 돌의 기억을 버립니다 돌 속에는 우주도 없습니다만 돌 속에는 돌도 없습니다 메마르고 무심한 날들이 흘렀습니다 환하고 찬란한 날들은 문밖 멀리 있었습니다 보이는 것은 돌이 사라지는 돌들 뿐이었습니다 돌에게는 품을 사랑도 없고 웃음도 울음도 없습니다 마른 넝쿨을 새긴 돌입니다 돌과 돌 사이에 무엇이 보입니까 깊은 틈입니까 틈이라 들여다보면 암흑이 아닙니다 돌과 돌 사이 측량하기 힘든 먼 길이 있습니다 내게 가까울 듯 다시 먼 길입니다 그 먼 길 위로 달무리 떠오를까요
>
> —「돌의 감옥」 전문

하이데거에 의하면 언어는 존재의 집이지만, 때때로 존재의 집은 존재의 감옥이 될 때가 있다. 필자가 이런 말을 하는 것은 위의 시를 관통하는 중심 이미지인 '돌'이 이 시에서는 '언어'처럼 읽히기 때문이다. 이 시의 '돌'을 모두 '언어'로 바꿔놔도 전혀 무리가 없이 읽힌다. 그것은 이 시의 '돌' 이미지가 본래의 속성으로부터 벗어나서 생명성 있고 활동적인 이미지로 변화되어 있기 때문이다. 그것은 "돌들이 돌들을 낳고 돌이 돌 위로 투명하게 얼굴을 새깁니다"는 첫 구

절만 봐도 알 수 있다.

시인은 이 시의 돌 이미지를 확장시켜서 언어화하고 있는 것처럼 보인다. 이 시의 돌을 말로 환치해서 "말은 말을 볼 수 없고 말은 말의 바닥까지 구르며, 얼굴이 바닥도 없이 사라지는 말입니다 말의 감옥, 움직일 수 없는 집을 감옥이라 불렀습니다"라고 읽어도 전혀 이상하지 않고 오히려 시적 포에지마저 느껴진다. 특히 돌과 돌 사이에 틈이 있고, 그 틈을 들여다보면 암흑이 있는 것이 아니라 "측량하기 힘든 먼 길"이 있는데 그 길은 "내게 가까울 듯 다시 먼 길"이라는 진술은 돌과 돌 사이의 틈이 단순한 물리적인 틈이 아니라 문학적 상상력이 깃들어 있는 공간임을 말해주는 것이다.

3. 불확정성의 사유와 탈중심주의적 상상력

우리가 사는 21세기는 포스트모던 시대라고 일컬어진다. 프랑스의 현상학자이며 철학자인 폴 리쾨르는 모더니즘에서 포스트모더니즘에로의 전환을 세 가지 과정의 변화로 설명한다. 즉 '신념의 붕괴, 세계문화의 탄생, 새로운 양극화의 형성'이 그것이다. 모더니스트들이 '확정성의 원리'를 믿는다면, 포스트모더니스트들은 '불확정성의 원리'를 믿는다. 모더니스트들이 '창조, 전체, 종합'에 관심을 갖는다면, 포스트모더니스트들은 '파괴, 해체, 대립'에 더 관심을 갖는다. 포스트모던 문화의 특징은 진리 상실과 절대적인 것의 거부 현상을 반영한다. 폴 리쾨르가 말한 이러한 정의는 현대시에 내재해 있는 시 의식에도 유사하게 적용된다. 현대의 시간은 확정적이지 않고 유예되거나 해체되어서 전혀 다른 결과를 낳는 경우가 많다.

시대가 복잡하게 변하면서 우리의 삶도 예측 불가능한 쪽으로 길항하면서 뻗어나간다. 이 글의 텍스트인 강현숙의 시에도 일정 부분에서 이러한 면모가 보인다.

> 벚꽃 적인.//조팝나무꽃 빛깔 적인.//진홍빛 철쭉 적인.//굽은 가지마다 진초록 소나무 잎 적인.//달빛 적인.//흑요암 빛깔 하늘 적인.//화냥년의 날들이//봄날 적인//변기로 흘려보낸 핏덩이의 값으로 남은 날들/죄 갚는 날들,//염치없이 이 봄을 다시 보게 하다니//감각의 제국.//폭력적인 날이 지나간다//비확정적인 죽음이다//끝나는 복수도 없고//시작하는 사랑도 없이//주저앉는 시간 사이로//너와 나의 야한 관계는//신(神)적이다
>
> —「봄날 적인」 전문(/은 필자)

낙태에 대한 비판적인 시각을 보여주는 이 시는 구조적으로 '적인'이라는 수식어를 반복적으로 차용함으로써 확정적 의미를 유예시킨다. 벚꽃과 조팝꽃과 철쭉은 결코 유사하지 않은데 이러한 단어가 공통적으로 수식하는 것은 "굽은 가지"이다. 그리고 진초록 소나무 잎과 달빛과 흑요암 빛깔 하늘처럼 상이한 것들이 수식하는 것은 "화냥년"이다. 여기서 화냥년은 낙태된 아이를 "변기로 흘려보낸" 죄를 지은 여자이다. 이러한 일들은 아름다운 꽃이 피어나야 할 봄에 일어난 일이라는 점에서 아이러니가 발생한다. 화자의 관점에서는 이러한 일이 일어나는 곳은 "감각의 제국"이고, 이러한 일이 일어나는 오늘은 "폭력적인 날"로 인식된다. 화자에게는 낙태를 통한 죽음은 쉽게 수긍할 수 없다는 점에서 비확정적이다. 그렇기 때문에 이러한 일이 일어나는 현실에는 "끝나는 복수도 없고//시작하는

사랑도 없이//주저앉는 시간"만 있을 뿐이다. "너와 나의 야한 관계는//신(神)적이다"는 이 시의 마지막 구절은 너와 나의 현실의 봄날을 신으로서 가질 수 있는 열린 시간의 시적 공간 속으로 건너가게 하겠다는 것이다. 현실에 대한 파괴와 해체를 지향하는 이러한 일들은 분명히 포스트모더니즘적이다.

어디에 이르고자 하지 않으며 어디로 가고자 아니했으며 매초 매 순간 통탄할 가슴으로 서 있었을 것이다 우연이 맞닥트린 곳, 그곳은 이미 사라졌는가, 되돌아가 거기로 돌아가 다시 맞닥트릴 자신이 있는가, 우연은 무엇을 말하고 싶어했는가, 왜 그 시간을, 장소를 고집했는가, 강렬한 우연으로부터 시간을 불태우고 재로 변한 시간을 불씨를 피워 올려 되살리고 초록새의 환영으로 날려 보내기도 하는 것이다 비 내리던 고요한 숲속 시간을 탁탁 두드리던 딱따구리의 부리처럼, 시간의 굵직한 나뭇등걸을 쉬질 않고 쪼아대며 시간 비행을 하는 것이다 쉴 수가 없다, 숲속 저 흐린 하늘가 넋 놓고 바라볼 아늑한 품이 없다, 언젠가부터 꽃이 되어 꽃봉오리 속으로 돌아가는 길을 잃어버렸다, 나무들 우듬지에 걸터앉는 법을 잃어버렸다, 시간의 흐름을 타며 날리는 홀씨들의 비행을 잃어버렸다, 나오너라 숨은 자여, 웅크리고 가둔 시간이여, 가루로 부서져 내려앉는 시간이여, 처용의 시간이 흐르고 있었다

—「망해사(望海寺)－처용의 시간」 부분

이 시는 신라의 향가인 「처용가」를 모티브로 하고 있다. 그런데 이 시는 「처용가」의 내용을 차용한 것이 아니라 그 정신을 차용하고 있다. 신라 헌강왕이 개운포에 이르렀을 때 안개와 구름이 짙게 끼어서 이러한 변괴를 물리치려고 바닷가에 망해사를 짓고 용왕의

마음을 풀어주어서 이에 감복한 용왕은 자신의 아들 하나를 왕에게 주었는데 그가 바로 처용이다. 왕은 처용에게 미녀를 골라 아내로 삼게 하고 급간 벼슬을 주어 머물게 하였는데, 어느 날 밤 '처용'이 밖에 나갔다가 밤늦게 돌아와 보니 역신(疫神)이 침범해서 아내를 범하는 모습을 보게 되는데, 처용은 그 광경을 보고 노래를 부르고 춤을 추며 물러났다. 그러자 역신이 감복하여 이후로는 처용의 그림만 보아도 그 집에는 들어가지 않겠다는 약속을 하고 물러났다는 이야기이다. 그런데 이러한 이야기는 매우 비현실적이며, 신라시대의 전통적인 정신세계를 넘어섰다는 점에서 탈중심적이다.

처용을 소재로 한 강현숙 시인의 시는 이러한 처용의 정신을 차용하고 있다. 위의 시는 "강렬한 우연으로부터 시간을 불태우고 재로 변한 시간을 불씨를 피워 올려 되살리고 초록새의 환영으로 날려 보내기도 하는 것이다"라는 내용으로 보아 우연히 이루어진 남녀 간의 사랑이 전제되어 있는 것처럼 보인다. 이것은 남녀 간의 육체적인 문제를 근간으로 하고 있는 「처용가」와 유사하다. 위의 시에서 화자의 시간은 "어디에 이르고자 하지 않으며 어디로 가고자 아니했으며 매초 매 순간 통탄할 가슴으로" 지나온 순수하고 열정적인 사랑 이후의 시간이다. 그런데 한때의 열정적인 사랑도 시간이 지나면 "꽃이 되어 꽃봉오리 속으로 돌아가는 길을 잃어버"리게 된다. 화자가 느끼는 이러한 시간은 "가루로 부서져 내려앉는 시간"이고, 일상적인 사고를 넘어서는 탈중심적인 "처용의 시간"이다. 처용이 역신의 행위를 보고도 아무 말 없이 춤을 추면서 물러났다는 '가무이퇴(歌舞而退)'의 행위 역시 어떤 이념이나 신념에 자신의 행위를 고정시키지 않는 불확정성의 사유가 엿보인다.

예정된 살구의 맛은 그것이 아니었습니다 상상하던 집은 집이 아니었던 것입니까 살구의 맛은 비껴가는 맛이었나요

예상되나요, 당신이 들어설 때 정체를 드러내는 것인가요 관절이 연결되고 혈관으로 피가 흐르고 감각을 느끼는 이가 당신인가요

예정되지 않은 시간과 장소에 이르게 되었습니다 각인된 것은 돌담이 아니고, 각인된 것은 살구꽃이 아니라, 각인된 것은 당신이 더욱 아니라

예정될 수 없는 집을 비켜나며 붉은 사막에 비 내립니다 사막에 존재하지 않을 성이 올라갑니다 오후의 붉은 사막 위로 그림자 걸어갑니다 가도 가도 나타나지 않을

문도 아니고 길도 아니고 여기도 아닌 느닷없는 곳이기를 바랬습니다

—「예정된 살구의 맛」 전문

인생을 살구에 비유한다면 아마도 시고도 단 맛일 것이다. 위의 시는 인생의 길흉화복은 변화가 많아 예측하기 어렵다는 뜻의 '새옹지마(塞翁之馬)'가 연상되는 시이다. 1연을 이러한 관점에서 해석해보자면, 예정된 인생의 맛은 그것이 아니었고, 상상하던 사랑은 사랑이 아니었으니, 인생의 맛은 비껴가는 맛이 아닐까를 상상하는 내용으로 해석이 가능하다. 2연 역시 인생이라는 정체를 "관절이 연결되고 혈관으로 피가 흐르고 감각을 느끼는 이"처럼 확정적으로 체험할 수 있을지를 반문하는 내용이다. 그러므로 화자는 자신

의 인생이 "예정되지 않은 시간과 장소에 이르게 되었"음을 시인하고 있다. 화자가 소망한 것은 돌담이 있고 살구꽃이 피어 있고 사랑하는 당신이 있는 곳인데, 실상은 자신이 예정하지 않는 붉은 사막을 걸어가는 것이 인생이라는 것이다. 그런데 화자는 이러한 현실을 탓하지 않고 오히려 "가도 가도 나타나지 않을//문도 아니고 길도 아니고 여기도 아닌 느닷없는 곳이기를 바랬"다고 진술하고 있다. 이것은 화자가 어긋난 삶을 그대로 받아들여 끝없이 유예시키는, 불확정성의 삶을 자신의 삶으로 수용하는 삶의 태도로서, 앞에서 거론한 처용의 정신과도 일맥상통한다. 시인의 이러한 정신은 분명히 진보적이고 혁신적이다. 이러한 시인의 정신은 새로움을 지향하는 시적 상상력과도 상통한다는 점에서 의미가 있다.

4. 삶의 불확실성과 사이의 시학

미국의 경제학자 갈브레이드는 현대를 살아가는 인간의 삶을 불확실성으로 정의하고 있는데, 이러한 정의는 경제뿐 아니라 인간의 모든 조건에 적용된다. 이처럼 인간의 삶은 늘 불확실성 속에서 벗어나지 못하고 방황을 거듭하고 있다. 인간의 존재성 역시 삶의 테두리 안에서 구현되는 것이므로 불확실하기는 마찬가지이다. 시인은 이러한 불확실성을 여자의 시간에 비추어 점묘법으로 묘사하고 있다.

> 부엌으로 가는 여자의 얼굴이 보이질 않지 쌀을 씻어 안치는 여자의 심장은 부엌 유리창에 달라붙어 펄떡거린다 창밖으로 보

이는 겨울 나뭇가지에 매달린 얼굴, 하늘이 덮어 추억도 없이,
비명도 없이 자연 건조 중이다

미래를 건너온 여자는 사과껍질을 얇게 벗겨낸다 엷은 그림자
드리운 그녀의 시간을 사각거리며 먹는다 벗겨진 껍질들은 이른
새벽 초승달로 걸리고 수만 킬로 떨어진 그곳으로부터 시간의
비늘이 차갑게 툭 떨어진다

훤히 비치는 시간의 아침 위로 내리는 햇살이여 전쟁은 일어
나질 않고 유리가 쩍 갈라지는 순간도 없고 가끔 스르륵 떨어지
는 작은 그릇들, 살의는 금이 가고 유물로 남고 비명은 녹이 슬
고 대나무 숲속으로 바람이 되어 불어가고

스스로가 적군이 되기도 하는 마술 속이다 X-Ray선을 투과시
킨 구멍 숭숭한 뼈들 사이로 풍경을 잇다가 지축을 울리며 걷는
다 당신은 무한한 시간의 원통 안과 밖으로 떠도는 구름 위를 걸
어간다

쇠라의 점묘법으로 그린 여자의 얼굴이 투명하다 산산 분해된
얼굴 사이로 분명하게 되살아 나오는 여자의 시간, 왜 투명한가
를 묻기 위해 링 위로 오르는 여자, 그랑자트섬의 일요일 오후가
시작된다 햇살 위에 다시 햇살이 실리고 모자를 쓰고 양산을 든
여자, 잔잔한 강물 위를 반짝이며 흘러가다 되돌아오는 눈동자
를 지닌,

—「여자의 시간을 그리다」 전문

이 시의 첫 구절 "부엌으로 가는 여자의 얼굴이 보이질 않"는다는 진술은 여성의 삶이 존재론적으로 별로 주목받지 못하는 삶임을 암

시해주고 있다. 그리하여 여자의 얼굴은 창밖의 나뭇가지에 매달려 "추억도 없이, 비명도 없이 자연 건조 중이다". 이에 반해서 미래를 건너온 여자의 삶은 사과 껍질을 벗겨 사과를 먹는 비교적 평온한 삶이다. 하지만 "수만 킬로 떨어진 그곳으로부터 시간의 비늘이 차갑게 툭 떨어진다"는 표현을 통해 이러한 상상은 단지 미래를 향한 꿈일 뿐이고 현실은 그리 녹록지 않고 여전히 차갑다는 것을 말해준다. '그리하여 여자의 시간은 지극히 무료해지는 듯, 그녀에게 아무 일도 일어나지 않은 듯 여겨지기도 한다. 그러다가 스스로가 적군이 되기도 한다. 여자로서의 삶은 자신을 위한 삶이 아니라 스스로 소멸해가는 삶이라는 것이다.

그리하여 여자는 "무한한 시간의 원통 안과 밖으로 떠도는 구름 위를 걸어간다". 이 시의 마지막 연은 프랑스의 화가 조르주 쇠라의 그림을 통해서 여자의 시간을 투영해내고 있다. 화자는 "쇠라의 점묘법으로 그린 여자의 얼굴이 투명하다"고 말하면서도 "산산 분해된 얼굴"로 묘사함으로써 상반된 여성의 존재성을 드러내고 있다. 본래 여성이 누려야 할 삶은 투명한 삶이다. 그것은 "햇살 위에 다시 햇살이 실리고 모자를 쓰고 양산을 든 여자, 잔잔한 강물 위를 반짝이며 흘러가다 되돌아오는 눈동자를 지닌" 여자의 모습이 그려진 쇠라의 〈그랑자트섬의 일요일 오후〉와 같은 삶이다. 하지만 이 그림은 점묘화로 되어 있다는 점에서 본질적으로 불확실성이 바탕을 이루고 있다. 시인은 이러한 불확실성을 넘어서는 방법으로 '사이'를 통한 존재방식을 제시한다.

> 당신과 나 사이에서 서 있을 뿐, 계절은

소나무와 소나무 사이를, 걸어가는 이의 등과 바라보는 이의 사이를 흘러간다 오리나무와 오리나무 사이를 흘러간다 덜꿩나무 붉은 열매와 열매 사이를

가끔 나뭇가지 위로 걸터앉아 쉬기도 하겠지만 날아서 저 하늘과 우듬지 사이를 노닐 것이다 외줄타기처럼 아슬아슬한 놀이를 멈춘 뒤

사이를 흐르다가 가끔 그림자도 없이 그늘도 없이 사라지는 유희를 즐기다가

햇빛의 등을 타고 당신의 팔에 투명인간인 듯 잠시 기대었다가, 소리도 없이 빠져나와 머물 자리를 찾아 떠나는 것이다

당신을 알 수 없고 나를 모르는, 사이

—「사이」 전문

시인이 여성적 삶의 방법으로 '사이'의 관계성을 제시하고 있는 것은 "당신을 알 수 없고 나를 모르는" 불확실성 속에서 나름대로 어떤 환경이나 존재에 억압되지 않고 자유롭게 살아가는 방식을 제시하고 있는 것이다. 시인이 영위하고 있는 "계절"은 "당신과 나 사이에 서 있"다는 전제를 통해서 시인은 "사이"의 존재성을 새롭게 인식한다. 따지고 보면 우리의 삶도 어떤 것과 어떤 것 사이를 지나가는 삶이다. 우리의 삶은 하늘과 우듬지 사이를 노니는 새와도 같다. 그리하여 시인이 꿈꾸는 삶은 "사이를 흐르다가 가끔 그림자도 없이 그늘도 없이 사라지는 유희를 즐기다가//햇빛의 등을 타고 당신의

팔에 투명인간인 듯 잠시 기대었다가, 소리도 없이 빠져나와 머물 자리를 찾아 떠나는 것이다". 이러한 삶의 방식은 분명히 우리의 전통적 삶의 방식에 비추어보면 파격적이다. 그런데 이러한 삶의 방식이 온전히 새로운 삶을 위한 방식이 아니라 삶의 불확실성을 드러내는 방식이라는 점에서 한편으로는 아이러니를 느끼게 된다.

그런데 다른 시 「뫼비우스의 띠」에서 "아래 꽃과 위 꽃 사이//아래 가지와 윗가지 사이//둥지와 가지 사이로 날아다니는 새들 사이//동백나무 두터워진 수피 너머로 경계도 없이//삶과 죽음은 드나"든다고 말하고 있다. 이런 관점에서 보면 시인이 추구하는 사이의 시학은 일종의 '경계 허물기'라고 볼 수 있다.

시인은 경계 허물기로서 '죽음' 모티브에 주목하기도 한다. 그의 시에는 유난히 '죽은 잠'이 많이 등장하는데 이러한 소재를 직접적으로 제목에 차용하고 있는 시만 해도 「봄 산, 죽은 잠」「죽은 잠, 단풍 같은 잠」「나이테, 죽은 잠 – 당신과 나 사이」, 「죽은 잠 – 사물」등 여럿이 보인다. 이 중에서 한 편을 읽어보자.

> 진달래 만발하게 핀 산, 드러누운 꽃잠이 꿈틀댄다 설레는 잠, 붉은 꽃물 든 잠이 꼼지락거리는 봄 산, 허공을 향해 가지를 뻗어보는 잠, 환한, 하늘도 바다도 마을도 사라진 그곳에 꽃무덤처럼 봉긋이 오른 잠, 다시는 돌아가지 못할 그곳에, 흔적도 없을 그곳에, 이제는 푸른 하늘, 바다만 남겨진 그곳으로 꽃문을 열고 들어와 눕는, 죽은 잠
>
> 그 시각, 그곳, 연분홍빛 진달래 소스라치게 피어오르는 봄 산, 한참을 들여다보며 굳은 채로 든 잠, 해마다 죽은 잠에 들다

가 꽃문을 열고 나서면 환한 죽은 잠, 흰 그림자 서리는 잠, 흰
계단을 끝도 없이 밟고 올라가는 잠

—「봄 산, 죽은 잠」 전문

앞에서 살펴본 바와 같이 여성의 삶은 주변 환경과 조건의 무수한 억압으로부터 결코 자유로울 수 없는 삶이다. 이러한 삶은 살았으나 정작은 죽은 삶이다. 이런 관점에서 위의 시를 읽으면 여성의 꿈을 실현시켜주는 잠으로서의 여성적 삶이 "죽은 잠"으로 표현되는 것은 어쩌면 너무나 자연스럽다. 이 시에서 앞으로의 삶에 대한 기대와 설렘으로 충만해 있는 "봄 산"이 여성주체의 은유라면, 그러한 여성 주체가 영위하고 있는 삶으로서의 잠이 "죽은 잠"이라는 것은 참으로 아이러니하다. 여성 주체가 꿈꾸는 현실은 "진달래 만발하게 핀 산, 드러누운 꽃잠이 꿈틀"대고, "붉은 꽃물 든 잠이 꼼지락거리는 봄 산"이지만 이러한 상황은 현실적 상황이 아니라 여성주체가 꿈꾸는 "설레는 잠"으로의 가상적 현실일 뿐이다. 그렇기 때문에 그곳은 구체적인 현실은 존재하지 않고 푸른 하늘과 바다만 남겨진 곳일 뿐이다.

2연 역시 "연분홍빛 진달래 소스라치게 피어오르는 봄 산"을 바라보며 꽃문을 열고 나서지만 그곳은 흰 그림자 서리는 죽은 잠 속이다. 이 시에서 그림자를 검은 그림자가 아닌 흰 그림자로 표현하고 있는 것은 이러한 상황이 현실적 상황이 아님을 말해주는 것이다. 이렇듯 시인은 이 시를 통해서 꿈과 현실이 완전히 다른, 여성적 삶의 아이러니를 전경화해서 보여준다.

그러므로 강현숙 시인에게 있어서 여성적 삶을 표상해주는 '죽은

잠'은 "움직인다라고/말하지만/여전히, 바닥과 일정한 높이에 이를 뿐"이고, "바닥과 맞닿아 누웠다라고 말하지만/바닥이 잘려 나가고/천장이 사라진" 곳에서 경험하는 "유랑 같은 잠"에 든 것일 뿐이고 "깨지기 쉬운 불안정한 경계에/다다랐을 뿐"(「죽은 잠」)이다. 시인은 다른 시 「나이테, 죽은 잠」의 맨 끝 연에서 "죽은 잠"을 "환등기의 달, 그림자"와 병치시켜 은유함으로써 동일시하고 있는데, 이는 여성으로서의 삶인 "죽은 잠"이 거짓 주체와 허상으로서의 삶임을 증언해 주고 있다.

이상에서 살펴본 바와 같이, 강현숙 시인의 시는 디스토피아적 삶의 경계를 넘어서려는 노력에서 파생된 고통의 서사가 중심이 되고 있다. 그런데 시인은 이러한 고통의 서사를 견인주의적 삶의 태도나 체념 쪽으로 밀어놓지 않고, 자신의 시에 적극적으로 끌어들여서 개성적 시로 심화해 나가고 있다. 이러한 과정에서 그의 시가 돋보이는 것은 어긋나고 빗겨나가는 현실을 역설과 반어를 통한 아이러니의 상상력으로 구조화해서 예술적으로 승화시키고 있다는 점이다. 특히 시인의 상상력은 일정한 틀에 얽매이지 않고 열린 지평을 지향하는 비정형의 언술을 통한 열린 상상력이 바탕을 이루고 있다는 점에서 고무적이다. 그런 점에서 이번에 선보이는 첫 시집이 강현숙 시인이 펼쳐나갈 앞으로의 시적 여정에 많은 기대를 갖게 해준다.

朴南喜 | 시인 · 문학평론가

푸른사상 시선

1 **광장으로 가는 길** | 이은봉 · 맹문재 엮음
2 **오두막 황제** | 조재훈
3 **첫눈 아침** | 이은봉
4 **어쩌다가 도둑이 되었나요** | 이봉형
5 **귀뚜라미 생포 작전** | 정원도
6 **파랑도에 빠지다** | 심인숙
7 **지붕의 등뼈** | 박승민
8 **살찐 슬픔으로 돌아다니다** | 송유미
9 **나를 두고 왔다** | 신승우
10 **거룩한 그물** | 조항록
11 **어둠의 얼굴** | 김석환
12 **영화처럼** | 최희철
13 **나는 너를 닮고** | 이선형
14 **철새의 일인칭** | 서상규
15 **죽은 물푸레나무에 대한 기억** | 권진희
16 **봄에 덧나다** | 조혜영
17 **무인 등대에서 휘파람** | 심창만
18 **물결무늬 손뼈 화석** | 이종섶
19 **맨드라미 꽃눈** | 김화정
20 **그때 나는 학교에 있었다** | 박영희
21 **달함지** | 이종수
22 **수선집 근처** | 전다형
23 **족보** | 이한걸
24 **부평 4공단 여공** | 정세훈
25 **음표들의 집** | 최기순
26 **나는 지금 운전 중** | 윤석산
27 **카페, 가난한 비** | 박석준
28 **아내의 수사법** | 권혁소
29 **그리움에는 바퀴가 달려 있다** | 김광렬
30 **올랜도 간다** | 한혜영
31 **오래된 숯가마** | 홍성운
32 **엄마, 엄마들** | 성향숙
33 **기룬 어린 양들** | 맹문재
34 **반국 노래자랑** | 정춘근
35 **여우비 간다** | 정진경
36 **목련 미용실** | 이순주
37 **세상을 박음질하다** | 정연홍
38 **나는 지금 외출 중** | 문영규
39 **안녕, 딜레마** | 정운희
40 **미안하다** | 육봉수
41 **엄마의 연애** | 유희주
42 **외포리의 갈매기** | 강 민
43 **기차 아래 사랑법** | 박관서
44 **괜찮아** | 최은묵
45 **우리집에 왜 왔니?** | 박미라
46 **달팽이 뿔** | 김준태
47 **세온도를 그리다** | 정선호
48 **너덜겅 편지** | 김 완
49 **찬란한 봄날** | 김유섭
50 **웃기는 짬뽕** | 신미균
51 **일인분이 일인분에게** | 김은정
52 **진뫼로 간다** | 김도수
53 **터무니 있다** | 오승철
54 **바람의 구문론** | 이종섶
55 **나는 나의 어머니가 되어** | 고현혜
56 **천만년이 내린다** | 유승도
57 **우포늪** | 손남숙
58 **봄들에서** | 정일남
59 **사람이나 꽃이나** | 채상근
60 **서리꽃은 왜 유리창에 피는가** | 임 윤
61 **마당 깊은 꽃집** | 이주희
62 **모래 마을에서** | 김광렬
63 **나는 소금쟁이다** | 조계숙
64 **역사를 외다** | 윤기묵
65 **돌의 연가** | 김석환
66 **숲 거울** | 차옥혜
67 **마네킹도 옷을 갈아입는다** | 정대호
68 **별자리** | 박경조
69 **눈물도 때로는 희망** | 조선남
70 **슬픈 레미콘** | 조 원
71 **여기 아닌 곳** | 조항록
72 **고래는 왜 강에서 죽었을까** | 제리안
73 **한생을 톡 토독** | 공혜경
74 **고갯길의 신화** | 김종상

푸른사상 시선 139

물소의 춤